月神の愛でる花

～芽吹の章～

朝霞月子

illustration:千川夏味

本宮にて

高等学術院における騒動から一昼夜明けたその日、佐保《さほ》は本宮《ほんぐう》で休んでいた。

さすがに事件直後とあって、しかも学院の生徒が攫《さら》われる被害が出たこともあり、高等学術院は今日から三日間は急遽《きゅうきょ》休校になったからだ。直接の捕り物現場ではなかったものの、旧講堂が抜け道として利用されていた件で、今頃は皇国軍による調査が行われているはずだ。

「昨日のうちに連絡は回しているんですよね？」

「そう聞いています。通学生の全員が王都在住なので伝えるのも容易だったと聞いています。ただ、万一の伝達漏れがあった場合に備えて門には張り紙をして確認出来るようにもしているそうです」

「いきなりだったから驚いたでしょうね」

椅子に座って仔獣《こけもの》をあやす佐保の感想に、木乃《きの》が苦笑を浮かべた。

「他人事《ひとごと》ではありませんよ、佐保様。私もミオ殿も、侍従長も本宮の全員が驚いたのですから」

替えの敷布などのリネン類を寝室の戸棚に補充していたミオが、

「そうですよ、木乃さんの言う通りです」

と何度も相槌《あいづち》を打つ。

「休校の連絡なんて可愛《かわい》いものです。佐保様が攫われて行方不明だと聞かされた時、私は胸の鼓動が止まるかと思いました」

「実際にミオ殿は気絶する一歩手前の顔をしていましたからね」

「佐保様の無事を確認するまで意識を失ってはならないと自分を叱咤《しった》して立ち直りました」

擬音をつけるならプンプンだろうか。腰に手を当てて怒りながら、どこか誇らしげなミオの様子に佐保はクスッと笑みを零《こぼ》した。

「佐保様、笑い事ではありません」

「ごめんなさい」

ミオさんが面白《おもしろ》くて、という言葉は言えば叱《しか》られそうで喉の奥に飲み込んだ。それに、昨夜本宮に帰って来た時の安堵《あんど》しつつも泣きそうだった顔を覚えているだけに、茶化すのは失礼だと思ったのもある。

救出されてすぐ、無事だと本宮には先触れが出ていたはずだが、顔を見るまでは安心出来なかったのか、総じて皆の顔色はよくはなかった。侍従にしては感情表現が豊かなミオだけでなく、木乃の目も潤んでいた。

特に、宰相府で仕事をしていた木乃の耳には次々にいろいろな報告が入って来たのが聞こえていたはずで、すぐに駆け付けられない分、気が気でなかったのも無理はない。

「昨日は本当に心配を掛けてしまって……ごめんなさい」

あらためて二人の前で頭を下げると、ミオは慌てて手を振り、木乃の方は座る佐保の前に膝をつき、やんわりと首を振った。

「佐保様は悪くありません。間は悪かったのかもしれませんが、ご友人を助けるために奮闘したと聞いています」

「そうですよ。佐保様は巻き込まれただけで、悪いのは企《たくら》んだ連中です」

「うん。でも心配掛けたのは本当だから気持ち的に、ね」

自分が直接の原因ではないのだが、巻き込まれてしまったのには違いなく、ただただ心配を掛けてしまったということが心苦しい。だからといって、護衛も複数ついていたあの時にアルフリートを探さないという選択肢は佐保の中にはなく、それも踏まえての「ごめんなさい」であった。

「うまい言い方があればいいんだけど」

佐保がというよりも、皇妃が謝罪の言葉を口にすることで相手が萎縮したり恐縮したりするのは本意ではないが、何とか言葉で伝えたいと悩む佐保に教えてくれたのは木乃だった。

「佐保様、そういう時は、心配掛けてごめんなさいよりも、心配してくれてありがとうと笑いながら仰《おっしゃ》っていただいた方が、私たちも嬉《うれ》しく思います」

「ありがとうでいいんですか？」

「はい」

木乃は口元に薄く笑みを乗せて言った。

「心の底から心配していたとしても、困った顔でごめんなさいと言われるより、笑いながらありがとうと言われた方が言葉と目でご無事を実感することが出来ます。私たちは皆、佐保様が笑顔で過ごされることが一番の望みなのですから」

木乃の言葉がじわじわと胸の中に染み込んでいく。顔を上げれば、にこにこしながらミオも頷《うなず》いている。

佐保は自分の頬《ほお》が赤くなるのがわかった。思わず手を当てると、案の定、かなり熱を持っていた。

「どうしよう、なんだか僕、嬉しいかも」

そこまで思って貰《もら》えて嬉しいのと恥ずかしいので視線が定まらない。ミオはにこにこしているし、まだ膝をついている木乃はすぐ目の前で、頬から下ろした佐保の手は膝の上の仔獣たちの尾を無意味に捏《こ》ね回していた。

遊んで貰っていると勘違いした二匹が佐保の指に絡みつき、甘噛《が》みしたりしているがそれすらも気にする余裕がない。

（レグレシティス様にいろいろ言われて赤くなることはあるけど……）

これが、言ったのが副団長なら赤くならなかっただろうと思う。マクスウェルとは日頃からふざけ合ったりする間柄なので、その延長線上だと感じるからだ。だが木乃は違う。真面目な顔で真剣に言われると、どう反応を返せばいいのかわからなくなってしまうのだ。

佐保自身も実直な性格なので、つい律儀に返さねばと考えてしまう。そしてそんな佐保のことを二人の侍従はよくわかっており、何事もなかったように木乃は立ち上がって、

「さて、今日はどのように過ごしますか？」

と冷静な秘書のように尋ねた。

「急な休校でしたので公務は入っていません。何かしたいことがあれば手配しますが」

「したいこと……すぐには思いつかないかなあ」

佐保は「うーん」と首を傾《かし》げた。絶妙な木乃の話題転換のおかげで頬の熱は引いている。さすが厳しいことで有名な宰相に認められた人材である。

と、そこで佐保は気がついた。ハッと顔を上げ、木乃の整った顔を見上げる。

「木乃さん、今日は出仕しなくていいんですか？　宰相様が待っているんじゃ……」

今頃になって木乃がいることに気づくのもどうかと思うが、昨夜のレグレシティスとの営みの疲労からか、今朝はいつもの時間に起きることが出来なかったのだ。

レグレシティスが寝台から身を起こした時に一度起きたような気はするのだが、ぽんぽんと優しく布団越しに背中を摩《さす》られながら、

「今日はゆっくり寝ていなさい」

と言われて二度寝に入った記憶がある……ような気がする。その辺りはぼんやりだったので曖昧だ。

次に目を覚ましたのはレグレシティスが城へ出かける時で、この時はそこそこ覚醒していたので、

「行ってくる」

と額に口づけられたのは覚えている。ただ、この時も柔らかな羽根布団の心地よさに再び寝入ってしまい、そこからおそらく半刻ほどしてやっと起床した——という経緯がある。

普段の佐保なら絶対にしない朝寝坊ぶりに、非常に気まずい思いをしたものだ。

そして遅めの朝食というには昼食に近い食事を摂《と》って寛《くつろ》いでいるのが今なのだ。

当然、城での仕事は開始されているはずで、いつもならレグレシティスと一緒に城に向かう木乃がこの時間帯に本宮にいることは非常に珍しい。

「まさか木乃さんに限って無断欠勤……ってことはないですよね？」

「ご安心ください。本日は宰相にも許可を得て休みをいただいています」

「本当に？」

「はい。本当です。休暇申請書も書かされましたから、控えがご入り用でしたら城まで行って取ってまいりますが」

窓際に仔獣用にクッションで寝床を作っていたミオも木乃の言葉を保証した。

「佐保様、大丈夫ですよ。木乃さんが今日本宮に残ることは陛下からも伺っておりますので」

「レグレシティス様もご存知なんですね」

佐保は胸を撫《な》で下ろした。佐保自身は宰相が怒ったところを見たことはないが、噂《うわさ》によるとてつもなく怖いらしい。テスタス家の双子、ミオ、マクスウェル、そして誰より信頼できるレグレシティスが噂の出所なので、まず正しいと見て間違いない。

なにしろ宰相府はサークィン皇国の官府《かんふ》の中で、皇国軍や騎士団よりも過酷と評判の部署なのだ。厳しくなければやっていられない部分も多くあるのだろう。彼女は厳しいだけで理不尽なことを命じたりするわけではなく、誰よりも仕事をしているのが宰相本人なので評価はかなり高く、国民からの人気もある。

木乃は、最終的に皇妃サホの補佐として公式の場に立つべく宰相府で鍛えられている最中なのだ。元々サラエ国の王宮で府吏《やくにん》をやっていただけあり、生真面目な性格のせいか宰相とは仕事上の相性が頗《すこぶ》るよく、部下たちには「宰相が二人になった」と恐れられているとか何とか。

魑魅魍魎《ちみもうりょう》が蠢《うごめ》く過酷なサラエ国の王宮で生き延びて来ただけに、才覚は申し分なく、今では半ば本気で正式な宰相補佐にならないかと勧誘されているとか。

「皇太子妃や皇妃殿下の側近兼宰相補佐は過去にも例がある」

と過去の資料を提示して見せるくらいに宰相は本気だった。

木乃本人は使い走りで見習いのようなものだと言っているが、既に宰相の右腕と見做《みな》され、忙しくこき使われ……働かされているのは佐保も話に聞いて知っている。つまりはそのくらい将来が有望視されている人物ということである。

佐保としては、皇妃の側近にこだわらず木乃自身が働きたいと思う職場で働いてくれればいいと思っているのだが、いくら皇妃付筆頭侍従とはいえ、ミオが付き添えない公の場に木乃がいてくれるなら心強いだろうと思う気持ちもある。

最終的な人事権を握っているレグレシティスは木乃の意志を尊重するようなので、木乃の皇妃補佐はほぼ確定しているようではあるが。

その多忙な木乃が休みで本宮にいるのは最近ではとても珍しく、

「僕としては木乃さんにゆっくり休んで貰いたいと思っているんですけど」

率直な意見を述べるも、

「十分ゆっくりさせて貰っています」

と言われてしまえばどうしようもない。

ミオにしろ木乃にしろ、どうも佐保の世話をすることが一番落ち着くらしく、休日が休日になっていないことがしばしばだ。それでもミオは休みの日には買い物に出かけたりして本宮にいないことも多いが、木乃は本宮内にある自室よりも佐保のところにいることの方が多い。

(病気にでもならない限り木乃さんが休むことないんじゃないかな)

これは割と本気で思っている。

どちらにしても、ミオも木乃も佐保の言葉一つで今日の行動を決めるつもりなのは明らかなので、何らかの指針を示した方がよさそうだ。

(ベア先生に教えて貰って取り寄せた本を読んでもいいけど)

そういえば昨日はベア先生のところで手伝いをする代わりに本を借りる約束をしていたのを思い出しながら、佐保はちらりと外に目を向けた。今日は晴れ。澄んだ青空が広がっている。こういう天気を見ることが出来るのもわずかの間のことで、すぐに急激に気温が下がり、サークィンの厳しい冬がやって来る。

「外で体を動かすのもいいかも」

ポツリとそう佐保が零した時、二人は揃《そろ》って目を剝《む》いた。色違いの二組の瞳は、

「佐保様本気ですか？　昨日あれだけ疲れたのに体を動かすなんて」

と語っている。

確かに昨日はたくさん歩いて、持久走もしたし、襲撃者たちから逃れるために狭い屋内で頑張《がんば》りもした。昨夜はレグレシティスと心ゆくまで愛し合い、心身共に充実しつつ疲れ果てて朝寝坊をした身で運動したいなど何を言っているのだこの殿下は、と言いたい気持ちはわかる。

わかるのだが、

「体は別にどこも悪くないし、動かしても平気ですよ」

両腕を曲げて力こぶを作る動作をして元気なところを見せるが、二人の半信半疑な目は変わらない。

「あの、本当に大丈夫だから。庭に出て少し体を動かすくらいはしていたいなあと思って」

佐保はいかに自分が無理していないかを語った。

「ほら、激しい運動をした後はきちんとアフターケア……養生しなきゃいけないって言うじゃないですか。だから体を動かして、昨日酷使したかもしれない筋肉を運動することで解《ほぐ》したいなと思ったんです」

正直、一番きついと思ったのは弥智《やち》を先頭にした持久走だ。何キロも走ったわけではないが、整備されていない森の中が大半で、あれが地味にきつかった。股関節はともかく、太股《ふともも》やふくらはぎの筋

肉などは、レグレシティスとの閨事《ねやごと》でもたぶん動かさない箇所なので、筋肉痛に襲われるとすれば明日だろう。

まだ若いからという言い訳を心の中でしつつ、佐保は重ねてお願いした。

「中庭をゆっくり歩くだけでいいんですけど」

佐保は掃き出し窓の向こうの庭を指さした。中庭――内庭と言っても仮にも皇帝が住まう本宮の庭である。休むための四阿《あずまや》もあれば、神花《しんか》が咲く蔓《つる》棚も設置されている。レグレシティスとマクスウェルのように大柄な成人男性が動き回りながら激しい剣の打ち合いを出来るくらいなので、表の庭園と違って芝生や植え込み以外に何もない割に奥行も広さもある。

歩き回るのもよし、仔獣たちを追いかけて遊ぶのもよし。

お願いしますと目に懇願を込めて見つめると、二人は眉間に皺《しわ》を寄せて悩んだ末に「お庭だけですよ」と許可を出してくれた。

「陛下には今日は佐保様をしっかり休ませるように言われているんです。あんまり長い間は駄目ですよ」

「それ、たぶんレグレシティス様が過保護なだけだと思う」

「過保護にもなりましょう。学院で動きがあったと報《しら》せが来た時の陛下の表情はとても険しかったのですよ」

露台《バルコニー》に休憩用の茶とお菓子を用意すると言ってミオが部屋を出て行った後、佐保は木乃と並んで庭に出た。仔獣たちは窓を開けた瞬間に飛び出し、今はタニヤが革の端切れで作ってくれた球面体――ボールを転がして遊んでいる。ところどころ穴が開いて空洞になっているので、絡まったり潜ったりいろいろな遊び方が出来ると二匹には好評だ。

今の時期の中庭は常緑樹の庭木以外は芝生も緑から枯草色に変わり、緑色のグラス、金色のリンデンの体毛が目立つ仕様になっているのは地味に嬉しい。何しろ、あちらこちらに動き回る小さな二匹なので、春夏は緑の中に埋もれてしまうと見つけるのが大変なのだ。

雪が積もると白い背景にとても映えるのだが、雪が深いのをいいことに潜って遊ぶこともあるので注意が必要だ。もっとも、雪が冷たく体を冷やすものだと学習しているので、雪遊びも晴れた日の短時間に限られているのだが。雪の中の行方不明など探す方が大変なので、本当に迷子にだけはならないで欲しいと思う。

ボール遊びをする二匹を視界の端に入れながら、佐保はゆっくりとその場で屈伸をした。まさか庭に出てすぐに屈伸運動を始めるとは思っていなかったのか、木乃がギョッとしたように目を見開いたが、構わずに膝の曲げ伸ばしをした後でアキレス腱《けん》を伸ばす。

サークィン皇国の服はどちらかというとゆったりめなので、体の可動域に制限がないのは嬉しい。運動用の衣服に着替えずともこうしていつでも運動が出来るのだ。ただ、種類によっては袖や裾が邪魔になる場合もあるので注意はしなくてはならないが。昨日の突発的学院内持久走もキュロット型の制服は裾が邪魔で走りにくかったとだけ告白しておく。

「でも、普段着で戦えるようにするのが本当なんだろうなあ」

つい独り言が漏れてしまったが、聞いていた木乃にとっては聞き逃すことが出来ない台詞《セリフ》だったようだ。

「佐保様」

掛けられた声音は硬かった。

「佐保様は何かと戦うおつもりなのでしょうか？」

「え？　あ、いえそうではなく、校外実習の時も昨日の場合もですけど、身構えている時に都合よく人や獣が襲って来ることはないと思って。だから普段着でも晴れ着でもどんな姿でも対処できるようにしておくのが大切なんじゃないかって、今更ながらに気づいただけです」

「佐保様それは……」

暗くなった木乃の表情に佐保は慌てて大きく手を横に振った。

「別に自分から挑みに行くわけじゃないですよ？　戦うなんて僕には無理なのはわかってるし、足手まといになるだけだから。でもこの間もレグレシティス様や団長様たちと話をしていて思ったんですけど、どんな状況でどのタイミング……どんな時に神花《しんか》が助けてくれるかわからない状況だって十分あり得るでしょう？　神花に助けて貰うのを当てにしているところがある僕が言うのも変だけど、ほんの一瞬だけでも対抗できる術《すべ》は持っていた方がいいと思ったんです」

神花が蔓で佐保を閉じ込めるより、敵対者の攻撃の方が一瞬でも早かったら？

蔓の勢いが突風で鈍ってしまい、相手に先んじられてしまったら？

蔓の間を縫って攻撃が届いてしまったら？

考えるとキリがない。

神花が月神の使者であれば万一の抜かりはないと思いたいところだが、過信しすぎるのはよくない。

それをどう伝えればいいかと考え、ハッと思い浮かんだのは先日自宅から通っている級友の一人から聞いた舞台の話だ。現在、学院近くの小さな劇場で行われている演目が意外と人気らしく、嬉々《きき》として話をしてくれたのだ。

「愛情の上に胡坐《あぐら》をかいて好き勝手した挙句に愛想をつかされた歌劇役者が、劇団を追放された後に紆《う》余《よ》曲折を経て真実の愛に目覚める話なんですけど」

木乃は片手で額を覆った。

「なんという大衆的な内容なんですか……」

「うんまあ、大衆劇場だからそんなものじゃないかなとは思うんだけどね。王道展開っていうか、お約束に沿って展開する話が馴染《なじ》みやすいのはあると思う」

「まさか佐保様もその舞台を見に行きたいのですか？」

「まさか。話の内容には興味あるけどお芝居を見に行くほどではないかなあ。招待されたり、席があるなら行くけど。舞台を見るのは好きだから。そうじゃなくて、その演目の内容ですね。誰かに何かをして貰うのが前提の行動は駄目だよねってことです。それにほんの少しでも粘ることが出来たおかげで好転することもあると思いませんか？」

「佐保様の仰ることはもっともだと思いますが」

「もちろん、無理はしません。前に団長様や副団長様に言われたんですけど、中途半端に腕に自信があるのが一番怖いらしいです。護衛の邪魔になるからじっとしてて貰った方がいいって」

「その通りだと私も思います」

「でもそれは同じ時、同じ場所に救出者がいるからこそでしょう？　その救出者と合流する前の時間稼ぎを許される状況があるならやるのも無駄じゃないと思ったんです」

「私たちからすれば、佐保様がそのような状況に置かれることそのものが悪夢でしかありません」

そう言って木乃は大きく溜息《ためいき》をついた。

木乃自身もよくわかっているのだろう。いくら避けようと思っても避けられないことがあるということを。

「実は私は少し反省しておりました」

「反省？　木乃さんが？」

ちょうど四阿が見えたところで木乃に勧められ、佐保は椅子に腰掛けた。木乃の方は立ったままだが、主《あるじ》と並んで座るなど畏れ多いからという理由らしい。

「ええ。先日の校外学習で襲撃された折、測量用の棒を持って前の方に出て行かれたと聞きました」

「はい、棒っていうか、折ったからちょっと長めの棒切れですね。長い方が荷車で作った防御の壁の外側まで届くから便利でしたよ。アンゼリカ……将軍様の親戚の子や技術のある子はもっと短い棒を剣みたいに構えてましたけど」

「……それは私が佐保様に棒術を教えたせいでしょうか？」

「え？」

佐保は驚いて木乃の顔を見つめた。

「いやいやまさか！　木乃さんに教わったからじゃないですよ？　それに教わったって言ってもほんの少し、軽く持ち方とか心得とかだけで、初心者にも足を踏み入れていない程度でしかないのにそんな無茶しないですよ。そもそも僕がいた世界の学校での授業で剣道って言って剣術みたいなのを習ってもいたし」

あくまで体育の授業の一環なので基礎でしかないが、球技と並んで剣道や柔道などの武道は経験している。

「だから木乃さんが気にすることはまったくないですよ」

「本当にそうでしょうか？」

「もちろんです」

佐保は大きく頷いた。

「それに何も習っていなかったとしても、子供でも知ってますって。棒を振って鳥を追い払ったり獣を追い払ったりは自然にするものでしょう？」

佐保が暮らしていたナバル村では鳥追いは子供たちの仕事だった。綿花畑なので穀物畑のように収穫物を食べられる被害こそなかったが、若い芽や弾《はじ》けたばかりの綿の実を巣の材料に盗む鳥は多かった。子供たちは長い棒を振り回し、時には遊びながら畑の中を駆け回っていたものだ。

「あの時、僕たちが相手にしていたのは人じゃなくて、寄って来ようとする魔獣でした。人の方は護衛の方たちや騎士様たちが相手をしてくださっていたので、とにかく魔獣だけは寄せ付けちゃいけないって」

だから長い棒が便利だった。アンゼリカたち剣術に覚えのある生徒は対人戦も想定していたかもしれないが、棒を持って前に立つ生徒たちのほとんどは無自覚に防衛意識が働いていたようにも思う。

何かをしていないと怖いという不安。何かあった時に頼れるものが欲しいという不安。

たかが棒切れ一つだが様々な思いが込められていた。

「佐保様もですか？」

「たぶんそんな感じだったと思います。ただ、木乃さんが言うように真似《まね》事でも多少は使えるかもとは思っていました。木乃さんのせいじゃなくて、これまでの経験が何となくそうした方がいいんじゃないかなあって思わせたというか。救援が来るまで少しでも粘りたかったっていうのが一番だったと思います」

曖昧だが必死になっている時はそんなものだ。

「それならいいのですが……いやよくないですね」

「え？」

「咄嗟《とっさ》にそうしてしまうというのは自分が出来ると錯覚してしまったのが原因です。だから佐保様には是非とも武術関係は学ばないでいただきたく」

「ちょっ、ちょっと待ってくださいっ」

佐保は慌てて立ち上がり、口元に手を当てブツブツと言い始めた木乃の腕にしがみ付いた。

「待って？　ねえ待ってね、木乃さん。ちょっとこっちに来て座って」

佐保は今まで自分が座っていた椅子に木乃を座らせると、落ち着いてと背中を摩った。何となく所作はマクスウェルを真似てみた。

「さっきも言ったけど木乃さんが気にする必要なんてどこにもないんですよ。それに教えて貰っていた方が僕の安心にも繋《つな》がるからどんどん練習したいんですけど」

「本気ですか!?」

「はい。むしろなんでそんなに悲しそうなんですか。自信を持ってください。木乃さんに教えていただいた技のおかげで助かりました！　っていうのを僕の目標にしてもいいくらいです」

指を使って繊細な飾りを作る菓子職人のトーダが剣道を嗜《たしな》んでいたとは思えないので、剣道はもう習うことは出来ない。それならこちらの世界の流儀に沿った武術を学ぶことになるのだから、どうせなら身近な人に出来る範囲で教えて貰う程度でいい。

本格的な剣術訓練が無理なのは以前の騎士団体験でわかっているので、手の空いた時間に少しずつする手習いのような感じでいい。

「真面目に訓練している人には怒られちゃいますけど、僕の中では無理をしない範囲で納得しているので、それをわかってくれるのは木乃さんとか近くにいる人たちだけだろうし」

さすがに多忙な団長に頼むのは筋違いだし、副団長は頼めば付き合ってくれるとは思うが、面白がってとことんハードになりそうな気がするため却下。剣術と言えば団長に師事しているレグレシティスもいるが、さすがに皇帝に教えて貰おうとは思わない。

（レグレシティス様なら頼めば教えてくれるとは思うけど、僕の方が遠慮しちゃう）

それとも危ないからと止めるだろうか。この場合の危ないは、木乃が危惧《きぐ》するような自ら戦うために前に出ることではなく、刃物を持つことそのものを指す。

「だから僕はこれからも木乃さんに棒術を習いたいです。槍術《そうじゅつ》はさすがに重すぎて槍《やり》を持てないから無理だけど」

「本当によろしいのですか？」

「はい。剣より間合いの長い物の方が僕も安心するし、斬るんじゃなくて叩《たた》いたり突いたりする方が汎用性が高いと思うので。それに僕、木乃さんに教えて貰うの好きですよ」

木乃はしばらく悩むように眉を寄せていたが、ややあって「わかりました」と顔を上げた時にはその表情から憂いはきれいに消えていた。

「佐保様がそう思ってくださるのなら、私もこれまで通りお教えいたします」

「お願いします。でも本当に空いた時間でいいですからね。木乃さんの貴重な休み時間を潰してまですることじゃないし」

それでなくても今日だって佐保に付き合っているのだ。侍従の役目だからと本人は大真面目だが、自分だけがゆったり過ごすのは気が引ける。公務に出かける時はついていて欲しいが、本宮で佐保が何もせずに余暇の時間を過ごしている時くらいは木乃もミオも自分自身を優先してくれてもいいのではないかと思うのだ。

「木乃さんのお休みはいつまで？　今日だけ？」

「佐保様と同じく三日間いただいています。今日だけでいいと言ったのですが、休めと同僚にも言われまして」

同僚さんグッジョブ。思わずそう言いたくなった佐保である。

「同僚さんが勧めてくれて、宰相様が休暇届に署名したなら、木乃さんにはそれくらいの休養が必要だって思われたってことだから、気にしないでゆっくりしてくれていいと思います。木乃さん働きすぎ」

笑って見下ろすと、木乃は薄く笑みを浮かべた。

「働きすぎですか。覚えることは多いですが、新しく物を知るのは楽しいですし、とても充実した日々を送っているつもりなのですが」

「お仕事大好き人間なのはわかるけど、息抜きと休みは絶対にあった方がいいですよ」

「宰相に比べれば私などまだまだです」

「比べる対象が違います！」

思わず佐保は叫んだ。叫びながら笑った。

「もうっ、宰相様も休めって言われてるんでしょう？　最終手段で将軍様が呼ばれて担がれてお屋敷に帰ったって話も聞きましたよ」

「ああ、それは事実ですね。私も二度ほど現場にいましたから」

「……木乃さん」

佐保は木乃の肩に手を乗せた。背が高い木乃なので、こうして座っている時にしか出来ないことをするのは新鮮だ。

「休むことを優先しましょう。熱心に働くのはいいけど、絶対そのうちに体が悲鳴をあげちゃいますから。寝込んでから反省しても遅いです。急がば回れです」

諺《ことわざ》とは面白いもので、違う国でも似たような内容や言い回しがある。それは世界が異なっても同じで、日本《にほん》で佐保が馴染んでいた諺と同じ内容の言葉は幾つもあって、意味が通じる。佐保の場合は稀《まれ》人《びと》に備わっている自動翻訳があるため世界が意訳してくれているのだとしても、諺は諺として存在しているのが面白い。

「木乃さんはもっと楽にしていいと思います」

「十分楽をさせていただいていますよ」

「頑張りすぎないようにってことですよ。副団長様みたいにとは言いませんけど、気を抜けるところでは抜いちゃっていいんです」

今日だって外出するのも部屋でゴロゴロするのも自由なのに、こうして侍従としての仕事をしようとするのだから。

（今度一緒に城下で買い物しよう。それから買い食いするのもいいかも）

ただ佐保と一緒に外に出る場合には、護衛として周囲を警戒し気を張り続ける気はしなくもない。

（それなら外に出ないでここでゆっくりするのが一番いいのかも）

少なくとも本宮にいる間は気を抜けるはずで、本人が言うように佐保の世話をしているのが一番気が楽なのかもしれない。皇妃といる時に気を抜くなど言語道断と怒る人はいそうだが、警備も護衛も他にいるのでよほどのことがない限り安全が保たれているのが本宮である。

木乃にとっても自然体で過ごせるのが本宮ならば、ここは既に木乃にとっての「家」になっているのだろう。

自然に佐保の口が笑みで綻ぶ。

（弥智さんや瑛杜《えいと》さんは騎士団でのびのびしているけど、木乃さんはまだまだ気苦労が抜けてないみたい）

生真面目ゆえの責任感もあるだろうが、これまでずっとサラエ国で過酷な府吏《やくにん》生活を送っていただけに、生活習慣ならぬ仕事習慣が抜けないのだろう。

（そう考えたら、今の宰相府の仕事量で楽をさせて貰ってるって、どれだけブラックだったんだろうサラエ国は）

サラエ国での木乃の文官生活については、きつかったということだけは聞いていたが、佐保が思っていた以上に厳しかったようだ。雇用主であり聞き取り調査を行ったレグレシティスの方が佐保よりもサラエ国の事情を知っているはずなので、可能な範囲で教えて貰うことにする。

「無理に休めとは言わないけど、でも体は労《いたわ》ってくださいね」

「ありがとうございます」

「いえいえ、どういたしまして。木乃さんやミオさんがいないと僕も困るから、いつ頼ってもいいように元気でいてくれないと困ります」

「佐保様に頼っていただくのはいつでも歓迎です」

「副団長様と木乃さんを足して半分にしたらちょうどいいかもですね。気の抜け具合が」

ほどほどに真面目で、ほどほどに息抜きの仕方を知っている。おどけて見えるマクスウェルが仕事はきちんとしているのは知っているが、本宮ではいい具合に力を抜いている姿を見ているだけに、

「長椅子にだらしなく寝そべる木乃さんも見てみたい気もするけど」

ついそんな言葉が出てしまう。

たまにマクスウェルがするのだ。佐保が書斎から出て居間に戻ると椅子に横になって寝ていることがあって、そういう時には「疲れているんだなあ」と肌布団を掛けてやることもある。その後、侍従

長に見つかって叱られるまでがセットだ。

「木乃さんに副団長様ほどの図太さや図々《ずうずう》しさは求めていませんよ」

朗らかに笑った佐保だが、

「さ、佐保様」

何故《なぜ》か引き攣《つ》った木乃が慌てて腰を浮かせた時、

「わっ……痛いっ！」

頭をガシッと摑《つか》まれたかと思うとギリギリと締め上げられた。

この手の大きさ、感触は間違いない。

「ふ、副団長、様？」

「おう。俺だ。いやすみませんね皇妃殿下。図太くて図々しいもんで、ちょうどいい手の置き場所があったらつい乗せちまいたくなるんですよ」

足音一つ立てずに背後から忍び寄って来たマクスウェルは横から佐保の顔を覗《のぞ》き込んだ。頭一つ分以上の身長差があるからこそ可能な体勢である。

「それで、俺が図太いからなんだって？」

「副団長様、どこから話を聞いてたんですか？」

「俺は来たばかりだぜ。求めてるとか求めてないとか、寝るとかの辺りからだな。ちょっと危険な会話だと思って盗聴していたんだ」

「危険な会話……？」

今現在自分の身に起きている以上の危険な会話があっただろうかと首を捻《ひね》る佐保の前で、マクスウェルが来た時点で立ち上がっていた木乃はフルフルと首を横に振って眉間を揉《も》んだ。

「副団長、それ以上はいけません。冗談にするには内容がよろしくない」

「よろしくない内容」

一体何なんだと佐保がマクスウェルの手を無理矢理剝がしつつ振り返れば、すぐに木乃に肩を掴まれ前に戻される。マクスウェルと木乃、背の高い二人に挟まれた佐保は天を仰いだ。

（外はこんなに開放的なのに圧迫感が凄《すご》い……）

頭の上ではマクスウェルと木乃がなんやかんやと静かな口論を続けており、その状況はお茶とお菓子の用意が出来たとやって来たミオが血相変えて二人を引き剝がすまで続けられた。


翌日の午後。

「ずっと持ち上げている必要はありません。構えずに、直前まで地につけていても平気ですよ」

佐保と木乃は昨日と同じく中庭にいた。違うのは、二人共が動きやすい軽装で、双方が長い棒を持っているということだ。

「でも立てたままだと咄嗟の時に動きが遅れないですか？」

「立てて持ったまま倒すだけで大丈夫です」

「本当に……あ、本当だ。ちょうどよく前に突き出せた」

軽く握っていたのが棒の半分くらいの位置なので、倒せば長剣より少し長めの間合いである。

棒は佐保やミオの身長よりややあり、木乃より短いくらいの物を使っている。棒術で使う棒の長さはいろいろあって、今回はやや長めの物を木乃が用意した。

「片手では難しいでしょうから両手で持ったまま、くるっと回る」

「くるっと回る」

言われた通りに体を回すと一緒になって棒も回る。つまりは前だけでなく、後ろに対しても牽制《けんせい》や攻撃をすることが出来ることに気づいた佐保は、「あ」と声を上げた。

「これだと近づかせないことが出来そうです」

「はい。囲まれた時や前後に敵がいる時に有効ですね。ただ、棒術はどれもそうなのですが、剣と違って刃がないので、掴まれやすいという欠点があります」

木乃は佐保が構えたままの棒を握ると自分の方へ引き寄せた。一応の抵抗を試みるが呆気《あっけ》なく棒を木乃に奪い取られてしまった。

「確かに。僕だと絶対に力負けしますね」

「その場合は無理に取り返そうとせず、相手に渡すしかないのですが」

木乃は佐保に棒を握らせ、前に押すよう言った。言われた通りに前に出すと、思ったよりも勢いがよかったのか木乃の上半身が後ろに反る。

「そこで持ったまま勢いよく回転すると」

「回転……っと。木乃先生、握られた棒が動きません」

「その時は背に棒を当てて軸にして回す」

「背中」

　軽やかとは言い難いがクルっと反転して背に当て、背を倒すように力を入れるとさっきよりも上手に棒を動かすことが出来た。その時点で木乃は手を放して距離を取っている。

「なるほど、そうやって棒の長さの長所を活《い》かすんですね」

「はい。ただ先ほども言ったように、重い鎧《よろい》をつけた人や力が強い人、体格に優れた人の場合は有効打にはなりません」

「その時はどうするんですか」

「棒を持つ手を少し下げて、足元を突いてください」

「こうかな」

　今までは真っすぐだった突きを下に向けただけで少し動かしにくい。下向きだから楽だと思ったら、足元を狙って動かすにはコツが必要のようだ。

　とりあえず、木乃の靴先をめがけてチョンチョンと動かす。木乃の方はそれを避けるために居場所を変えながら足を動かした。

「もう少し速く」

「はい」

少し突くスピードを速くすれば、すかさず次の指示が飛んでくる。

「左右にずらしながら」

「左右にずらす……フェイントみたいにっと」

真剣に地面をつつく佐保は木乃が笑ったことに気がつかない。

「左右だけでなく前後も入れて」

「左右前後」

「幅を広く」

「広く」

「後ろに思い切り引いて」

「後ろに引く」

頭の中を空っぽにして木乃の指示通りに棒を動かしていた佐保は、何の疑問も抱かないまま棒を後ろに思い切り引いて、トンと何かに当たった感触に「え？」と後ろを振り返った。

棒の先端を胸に当てたマクスウェルが笑いながら立っている。

「副団長様だ。あ、ごめんなさい」

慌てて棒を引き寄せようとすると、先端を摑まれた。

「こういう場合はどうするんだ、木乃師範」

「そうですね、殿下の場合は身長差を活かしましょうか。持って屈《かが》んだ後、副団長に向かって飛び上がる」

「しゃがんで、ジャンプ」

棒を持ったまま屈むと棒の角度が変わり鋭角になる。それを確認して飛び上がると、思ったよりも勢いをつけてマクスウェルの顎に向けて先端が突き出される形になった。本当は素早く動くことが出来ればいいのだが、動作を確認しながらのため、どうしてもゆっくりになる佐保の動きはマクスウェルには止まっているも同然で、片方の手のひらを当てて顎に当たるのを防いでいた。

「背後に人が立った時には今みたいに問答無用で突き出してください。最初に後ろに突き出す時にもっと勢いがあれば相手は離れたでしょうから、体の向きを変える隙も作ることが出来ます」

「なるほど。これも副団長様みたいな人には通用しなさそうですね」

「慣れた人なら対処もするでしょうね。でも素人の場合は十分でしょう。ただし、これまでのやり方はすべて相手が無手の場合です」

木乃は地面に寝かせていた自分の棒を手に取った。

「今までのは変則的な対処方法です。ここからは実戦形式でまいりましょう。さあ佐保様、どこからでもいいので掛かって来てください」

佐保はゴクリと唾を飲み込み、棒を握ると木乃に向かって構えた。

「よろしくお願いします」

佐保は勢いよく棒を前に突き出した。

カンカンと威勢のよい音が中庭に響く。佐保の攻撃はすべて木乃の棒によって弾かれ、一向に隙を作ることが出来ずにいる。慣れということもあるが、一つには木乃は片手で軽々と棒を振るのに、佐保はしっかりと両手で持たなくては振り回すことが出来ないからだ。当然自由度は片手の方が大きく、体の右側で構える佐保の体勢はやや辛《つら》いものがあった。

それでも、木乃の指示に何とかついていく。途中、

「体重を乗せて突く」

「膝下を狙って振り回せ」

など見物人になった副団長からの指示も飛び、ついていくので精いっぱいだ。

それでも一刻ほど打ち合いは続けられたのだが、

「ハァハァ……もう手が上がらない……」

棒を下に落としたまま、佐保は膝に手をついて荒い呼吸を繰り返していた。途中、棒の長さを短くしたり長くしたりなどして、様々な組み合わせで打ち合いを行い、これ以上は無理というところでやっと木乃が止めてくれたのだ。

「佐保様、こちらにいらしてください。冷たいお水がありますよ」

すかさずミオが佐保を呼び寄せ、佐保はフラフラしながら露台に用意されたコップに手を伸ばした。

冷たい水が喉を滑り落ち、気持ちがいい。酸味があるのはミオが柑橘類《かんきつ》の果汁を少し入れたからだろう。

「木乃さんもどうぞ」

ミオに渡されたグラスを傾ける木乃は汗一つかいていない。佐保の方は額も背中も顔も、つまりは全身汗びっしょりで、運動量の違いなのか体力の違いなのか、どちらにしても佐保はもう少し体力をつけなければと幾度目かわからない誓いを胸に、ミオが持って来た手拭いで汗を拭った。

「佐保様、練習が終わったのでしたら汗が完全に引く前に湯殿で流しませんか？」

「ミオ殿の言う通り、落ち着いたら湯殿に行ってください」

「木乃さんは？」

「私は汗をかいていませんので。ここを片付けてから軽く手足と顔を拭うくらいで大丈夫です」

「いいのかな？」

「風邪を引かれる方が迷惑になるからな」

シッシッと手を振って「さっさと行ってこいよ」という副団長にその場を任せ、佐保はミオと共に湯殿に向かった。

「しっかり温まって来てくださいね。私はその間に木乃さんや副団長たちのお相手をしておりますので」

「よろしくお願いするね。あ、グラスとリンデンが神花に登ってたから、下りるのが無理そうだったら下ろしてあげて」

「わかりました。副団長がいるので回収は楽ですよ」

「あはは、そうだね。神花の蔓棚の真横に立ってもらったら上から飛び降りて来そうだもんね」

仔獣たちにとって副団長マクスウェルは遊んでくれる遊具なので、もしかしたら今頃自分たちの方から下りて来て遊んで貰っているかもしれないなと思いながら、佐保は湯殿に向かった。

汗をかいた後の風呂は気持ちよく、さっぱりした気分で湯船から上がりミオが持って来た衣装に着替えて露台に戻ると、木乃と副団長の姿はそこになく、卓上に置かれた籠の中で仔獣二匹が暢気《のんき》に寝ているだけだ。

肝心の木乃とマクスウェルがどこにいるかというと、すぐ目の前、先ほど佐保が木乃から教えを受けていた同じ場所で、武器を持った二人が打ち合う姿がある。

木乃は穂先を覆った槍で、マクスウェルは鞘《さや》に入ったままの自分の長剣を持っていることから、木乃は佐保が風呂に入っている間に自室から槍を取って来たのだろう。

「何か楽しそう」

不用意に近づいて怪我《けが》をするのも勝負に水を差すのも嫌なので、佐保は椅子に座り二人が打ち合っているのを眺めた。

「副団長様も木乃さんも生き生きしてる」

「副団長はいつもと変わりませんが、確かに木乃さんは楽しそうですね」

今度は冷たい水の代わりに温かな茶を淹《い》れてくれたミオも同意する。

「騎士団でも十分通用するんじゃないかなあ」

「それはどうでしょう。木乃さんが槍術の名手なのは知っていますが、騎士団の中で鍛えられている木乃さんの姿が私はどうしても想像できません。黒い制服は似合いそうですけど」

「確かに制服は似合いそう。槍を持って馬に乗ってる姿は見てみたい」

休憩時間だからと給仕に徹しようとするミオを椅子に座らせ、木乃たちを眺める。

「――どうやったらあんな動きが出来るんだろう」

「佐保様、見ましたか？　副団長のあの避け方。よくあそこまで背中が後ろに反りますね」

「体柔らかそうには見えないのに、凄いね。あ、今の木乃さんの動き見た？」

「見ました！　なんですかあれ。地面に突き刺した棒に摑まって回転しながら蹴りを出しましたよね！」

「なんで腕だけで体を直角に持ち上げられるんだろ……。あ、今度は宙に浮いた状態から抜いて突き入れた！」

もし佐保が知っていれば「ポールダンスだ！」と声を上げたかもしれない。真っすぐに立てた槍を起点に体術も使ってマクスウェルに抵抗しつつ、時に守り、時に攻撃に出る。どちらかというと、マクスウェルの方が受け手に回って、木乃が素早い動きでマクスウェルを封じているようにも見えた。

「副団長、きっちり受けてます。鞘の面で」

二人は互いに実況中継のごとく声に出し、凄い凄いと小さく拍手をした。それほどまでに二人の打ち合いは見どころがあった。

佐保に説明したように、槍の全部、体のすべてを使って満遍なく武器を扱う様子は、それが棒ではなく鞭《むち》のようにすら見えた。動きが速くて線にしか見えないのだ。

対するマクスウェルもその速度にしっかりと対応し、しなるように動く槍を正確に跳ね返している。先を読むというよりも、穂先の軌道を読んでいるようで、その動きには無駄がない。ほとんどが受ける一方だが、時々上段や下段を長剣で水平になぎつつ、穂先を避けて剣の腹に柄《つか》を当てることで弾かせていた。

「木乃さんって侍従ですよね。それからお城に勤める文官」

「その認識で間違っていません」

「……なんであんなに上手なの。ミオさんは出来る？　槍を扱える？」

「無理です。私には槍なんて重いものは持てません。あ、間違っても佐保様も持とうなんて思わないでくださいよ。落として穂先が跳ねたりして当たったら危ないですから」

「持ちたくても僕も持てないですよ、たぶん。あ、副団長様が」

佐保がしたよりも素早く足元に突き入れられた木乃の穂先だが、マクスウェルはそれを難なく躱《かわ》した。後方宙返り、所謂《いわゆる》バク転をすることで避けた。

「凄い、あの状態で剣を手放さないなんて」

「武器は大事にするように騎士団長に言われているんじゃないでしょうか」

「いえすぐに反撃するため……あっ」

マクスウェルが長剣を大きく振りかぶった。大剣ではないためそこまで大きな動作ではなかったが、マクスウェルが持つだけで大剣のような錯覚を覚える。それに対し槍を構えることで待ち受ける木乃。

「これで最後だね」

「副団長は大技を出すのでしょうか」

佐保たちは固唾を飲んで見守った。

マクスウェルが動き、軽い動作でふらりと一歩踏み出すと同時に、上に掲げた長剣の姿がブレた……と思った時にはガキッと大きな音がして、木乃の槍に受け止められていた。

「木乃さんの勝ちですね」

「凄い音がしましたね」

二人はコソコソと喋《しゃべ》っているが、これで終わりのわけではなかった。

槍に防がれたマクスウェルが両手で槍を掲げる木乃の腹に向けて蹴りを繰り出したのだ。それより前に木乃が散々蹴り技を出していたので反則ではないし、そもそも佐保たちが露台に戻るより先に始められていた勝負なので、どんな約束事があるのかわからない中、勝手にこれで終わりと思っていた佐保たちの勘違いでしかない。

木乃は即座に槍を捨てた。正確には長剣ごと槍を後ろに放り投げ、マクスウェルが足払いを仕掛けて体勢を崩そうとするのを跳躍して躱すと同時に、そのまま蹴りを放った。両腕でそれを止めたマクスウェルがニヤリと笑みを浮かべ、ものすごい勢いで木乃の両足をまとめて腕に抱え込んだ。

「くっ」

「さあどうする木乃」

逆立ちのように頭を下にして腕で自分の体を支えている木乃だが、ガッチリと摑まれた脚は動かせそうになく、

「降参です」

聞いていた佐保たちが拍子抜けするほどあっさりと負けを認めた。

痛めた部位はなかったのか、緩やかに立ち上がると木乃は落ちていた自分の槍を拾い上げ、さっと汚れを払うとマクスウェルに頭を下げた。

「さすが副団長。どんな攻撃にも臨機応変に対応できるのが素晴らしい」

「馬鹿《ばか》言え。お前の方こそ死角ばかりを狙いやがって」

「その全部を躱した方が何を仰る」

「当たったら痛いだろうが」

一瞬虚を突かれて目を丸くした木乃は、小さく吹き出した。

「確かにその通りです。ですが遠慮なく足技を使ってこられたのはどなたでしょうか」

「俺も靴を新調したから試し蹴りをしたかったんだ」

言いながら軽く足をトントンと動かすマクスウェルを見ながら佐保は思い出した。

「確か騎士団の皆さんの装備って個々人でかなりいろいろな仕掛けがありましたよね？」

佐保はミオに尋ねたつもりだったのだが、

「ありますよ。長靴は大多数の者が鉄板を入れて重さを出しています。マーキーの場合は剃刀《かみそり》や細い金属の紐《ひも》も入れていたはずです」

「どうぞ」

佐保が最後の攻防に見入っている間に隣に座る人は騎士団長に替わっていた。

抜かりのないミオは既に新しい茶器に湯気の立つ茶を淹れていた。佐保はじっと団長を見つめた。

「なんでしょう？」

「さっきもですけど、団長様も副団長様も音も気配もなく近くに来られるからびっくりして。何かコツでもあるんですか？」

「慣れ、でしょうか」

「慣れですか」

「敵を相手にした時には正々堂々と正面からの方が少ないくらいです。尾行や潜入はもちろんのこと、巡回や行軍の途中でも音を立てずに動くことを強いられる場合があるのですよ。その対応をしている間に自然に身につく騎士が多いです」

「団長様もですか？」

「ええ。概《おおむ》ねそんな感じです」

概ね以外の部分は一体どんな感じなのか気にはなったが、碌《ろく》でもない理由のような気がしてそれ以上は追及しなかった。何より全身に仕込んでいる隠し武器の数でいったら、おそらく騎士団で一番なのは隣の団長だ。

「団長様はお一人ですか？」

「ええ。残念ながら陛下は城で執務に専念されています」

佐保はほんのりと頰を染めた。騎士団長が護衛対象の皇帝の側《そば》を離れることはあまりないので、ついつい一緒に本宮に戻って来たのかと思ってしまったのだ。

「私もすぐに戻りますが、その前に先ほど入った情報を殿下にお知らせしようと思いまして」

「また何かあったんですか？」

佐保は姿勢を正した。再びアルフリートの時と同じような誘拐が起きたのか、それとも違法薬関連の逃げた犯人たちを捕らえたのか。

「城下に潜んでいた連中は一部を除いてすべて捕まえました。殿下たちが捕らえられていた屋敷以外にも古い家や空き家に分散して潜んでいた者たちがいたのですが、王都と近郊に関してはほぼすべてを潰せました」

「よかった……」

ほぼというだけで全員ではないのだろうが、少なくとも薬がこれ以上城下で広がることはなさそうで安心する。

「逃げた犯人たちは？」

「追跡中ですがほどなく捕縛の連絡が来るでしょう。すべての町に検問を敷いていますし、道から外れた場所にも皇国軍が展開しています」

つまりは時間の問題というわけである。

「そういうわけで、しばらくは城下もざわざわしているとは思いますがすぐに落ち着きを取り戻すはずです。予定通り、殿下も明後日には学院へ通うことが出来ますよ」

「もう安全なんですね」

「ええ。少なくとも学院の生徒たちに関しては手出しは出来ないでしょう。まだ軍兵士が構内を巡回したり調査をしたりしているので目障りだとは思いますが、お目こぼしください」

「目障りだなんてそんなことないです。皆さんには本当によくしていただいているし、いてくださるだけで安心できます」

「サナルディアにもそう伝えておきましょう。殿下が学院に通うのを楽しみにしているのを彼も知っているので、安全の確保には万全の体制を取るよう最大限の配慮をしたいらしく、他に抜け道がないかを念入りに探して回っていますよ」

「抜け道探し……。旧講堂からの地下道を見てしまったら他にもあるって考えちゃいますよね。どこかに別の仕掛けがあったりするのかな」

危険な目には遭ったが、そこはやはり男の子。佐保は冒険心を擽《くすぐ》られてワクワクしたが、存在が現実離れしているところのある団長は現実的だった。

「認識されていない抜け道などない方が私たちも安心ではあるのですけれどね。内政官府と典礼官府で建築当時の学院と周辺建物の古い図面を出して確認作業をしているので、直にこちらも判明しましょう」

「図面……確認作業……」

「無駄は極力省くものですよ、殿下」

残念なのが顔に出ていたのか、リー・ロンは笑った。

夢がないと声を大にして言いたいが、リー・ロン相手にそれは憚《はばか》られる。部外者にとってはロマンでも、皇族や王都を守護する者たちにとっては堅実さが優先なのだ。

そこに武器を抱えてマクスウェルと木乃が戻って来た。

木乃は団長に一礼し、マクスウェルは汗を拭いながら笑って言った。

「師範、今からでもいいから宰相府から木乃を引き抜かないか？　こいつ、かなりの腕前だぞ」

「そう思うならあなたが宰相に交渉しなさい」

いきなりの引き抜き案件に佐保は目を丸くしたが、リー・ロンはそんな無駄なことはしたくないと投げているのが丸わかりだ。

「俺が宰相に？」

「ええ。直談判《じかだんぱん》でも何でもどうぞ。ただしすべてお前の責任でやるのですね。私は知らなかったで押し通しますので」

「えぇ……援護してくれないのかよ」

「私が援護したところで結果は変わりませんよ。そうですよね、木乃」

質問を投げかけられた木乃は苦笑を浮かべている。

「おそらくは副団長の徒労に終わるだけかと思います」

「だそうですよ？」

それでもやりたいならお好きにどうぞと笑顔で告げられ、マクスウェルは「む」と唇を引き結んだ。

「宰相のところに置いておくには勿体《もったい》ない人材なんだけどなあ。本当に無理と思うか？」

二人の返答はどちらも「無理です」だった。

人事に関しては最終的には本人と各官長が納得すれば配置転換は可能で、実際に人事異動は頻繁に行われている。だが宰相府だけは別で、他官府から引き抜くことはあっても、よほどのことがない限り逆はあり得ないというのが、サークィン皇国での一般認識だった。

優秀で使える人材は引き抜きはするが他には絶対にやらないぞ――という宰相ファーレイズの迫力に勝てる者はおらず、各官長は引き抜きに遭わないよう有能な人物は身近に置いて隠すのだとか。

能ある鷹《たか》は爪を隠すではなく、能ある鷹は名を隠すのがサークィン流であり、本当に有能な人はひっそりと目立たない。これを知らずに、自分は有能だからとか一番仕事が出来る人間は自分だと公言するような人たちは、実はあまり信用されないらしい。

面倒くさい官府ルールだが知っておいた方がいい豆知識だと教えてくれたのは、文官を目指すクリステンやアルフリートだった。

そんなことを思い出しながら、こうして引き抜きを画策されるくらい有能な木乃は城内では名前が出ているがいいのだろうかと思ったが、宰相府に引き抜かれないために隠すのであって、既に在籍しているのだから隠す意味がないのだと気づき、出来る人という認識で木乃の名前が知られるのは、佐保にとってとても嬉しいことだ。

マクスウェルも椅子に座り、木乃が片付けのために下がってミオが給仕をする中、佐保でも出来る簡単な武術の話になり、そこから今後の警護の予定などを話していると、思い出したようにリー・ロンが佐保の顔を見て言った。

「殿下、魔獣を飼いませんか？」

と。

唐突な申し出に、佐保が目を丸くしたのは言うまでもない。

「魔獣って魔獣ですか？」

意味のわからない言葉にマクスウェルが噴き出したのが聞こえたが、自分でも変な言葉を口走った自覚はある。騎士団長はそれでも言いたいことは理解してくれたようだ。

「はい。校外学習で殿下たちに襲い掛かった魔獣です」

牙を剝《む》いて威嚇した犬のような狼《おおかみ》のような獣。字面だけでは狂暴極まりなく、襲撃者たちより生徒たちに接近していたせいでより恐怖を与えた魔獣だが、尾を振る姿を見ているだけに佐保の中ではそこまで恐怖を煽《あお》る獣ではなくなっていた。

「見つかったんですか？」

「王都からは離れた廃道の奥に洞《ほら》があって、そこに隠されていました」

「全部で八頭。捕まえた奴《やつ》からの話だとそれ以上はいないのは確認済みだ」

「そんなに……。よく捕まえられましたね」

人が使役することが出来る魔獣とはいえ、捕獲の際に負傷者が出なかったのだろうかと心配になった佐保だが、マクスウェルはクイッと親指で優雅に茶を飲む騎士団長を指した。

「師範がいたからな。抵抗なんて出来るわけがない。這《は》い蹲《つくば》ってクンクン鼻を鳴らしてたんだぜ。俺らも万一に備えて調教師を連れて行ったんだが、心配無用だった。あいつら、しまいには腹を見せて転がってたし」

「それは……ちょっと見たかったかも」

まるで普通の犬ではないか。

「魔獣ではありますが生き物ですからね。叱れば聞き分けは出来ますよ」

「って師範は言ってるが、馬から降りて近づいただけであれだからな。洞に案内される前から威圧を放ってたのは間違いない」

「後出しは時間の無駄ですよ。最初からどちらが上かを知らしめるのは交渉の大前提です」

交渉？　あれが？

マクスウェルは首を傾げているが、佐保にはリー・ロンが言いたいことは何となくわかった。殺処分以外は生け捕りにして服従させるしかないのだから、余計な手順を飛ばした分、後々の処理が楽になったのは確かなのだ。このサークィンの地に逆らってはいけない人物がいると教え込ませることは、今後魔獣たちを国内で扱う時に非常に重要になる。

簡単に言えば「私に逆らうな」である。

まさに弱肉強食の世界だ。

「それで、その魔獣を僕に飼わないかと」

「はい。もう私が命じない限り誰かを傷付けることはありませんし、殿下ならうまく飼い慣らすことが出来ると思っているのですがいかがでしょう」

「それは……」

佐保はミオと木乃の顔を交互に見つめた。ミオはふるふると首を横に振り、木乃の方は思案するように眉を寄せている。

「この話、レグレシティス様はご存知なんですか？」

「ご存知です」

「レグレシティス様は何と？」

「殿下にお任せすると」

「責任重大！」

行儀が悪いと思いつつ、佐保は背凭《もた》れに大きく背を預け天井を仰いだ。

「おらおら、早く決めちまえよ」

ニヤニヤ顔のマクスウェルが、前髪が後ろに垂れて露《あら》わになった額を指でピタピタ叩く。すかさずミオが摑んで止める。

「今だってラジャクーンと鳥を飼ってるんだから犬の一頭や二頭、構わねえだろ」

「一頭や二頭じゃないじゃないですか。八頭ですよ、八頭……ってあれ？　僕が見た時より増えてる？」

「聴き取りでは五頭だったな」

「他にもいたんですね」

温存していたのか予備なのか、八頭全部が出て来ていたなら生徒たちの防御に割く人員も増えていたはずだから、幸いだったと言える。

「どうだろう、僕が飼うとして本宮で放し飼いになるのかなあ。奥宮《おくみや》全体の警備をして貰うなら引き取ってもいいような気もするし」

四層からなる王城はとても広い。山を背後に控えていることもあり、内部には森や林や小川まである。皇国軍兵士や騎士団が毎日巡回しているとはいえ、実際に細かな場所で目が行き届かないところもあるだろう。

（そこをカバーすると思えば魔獣は最適なのかも？）

危機察知能力は青鳥シェリーも仔獣たちも備えているものの、彼らがその能力を発揮するのは主に佐保やレグレシティスに限った話で、仔獣に至っては赤ん坊も同じなのだ。行動範囲が広くなったとは言っても、彼らの世界は王城の中のほんの一部にしか過ぎず、全体をカバーするのは現実的ではない。佐保の背丈を遥《はる》かに超える成獣になり、空を自由に飛び回れるようになればまた別なのだろうが、そうなるまでには年の単位が必要だ。

うんうん悩む佐保を微笑《ほほえ》ましく眺めながら、団長はサラリと言う。

「すぐに答えを出す必要はありませんよ。どちらにしてもしばらくは調教が必要です」

今すぐでなくていいと言われてほっとしたものの、それならそれで気になることもある。

「今はどこにいるんですか？　騎士団本部ですか？」

いるなら見に行きたいと思った佐保だが、答えは「いいえ」だった。

「今はあちらにいます」

あちら、と言ってリー・ロンが指したのは、王城の背面に高く聳《そび》えて見える山脈だった。王都よりも北に位置する峰々は、万年雪に覆われた山嶺《さんれい》だけでなく山の半分以上が既に白く変わっている。

「山ですか？」

「ええ、ツヴァイクの調教師にお願いしているのです」

「ああ！　なるほど」

佐保はぽんと手を打った。ツヴァイクも魔獣も人の手に負えない獣という点では共通しているが、同じく人が使役することが出来るということにも共通点がある。調教師の側にその能力があって魔獣を忌避しないのであれば十分可能だ。

「じゃあ今はツヴァイクと一緒に訓練しているんですか？」

「基本的な動作から教えると言っていました。襲撃犯たちに使役されている時は薬の効能が大きかったので、まずは完全に薬が抜けたのを確認して、最初からやり直すそうです」

「それは……時間がかかりそうですね」

人の意識を朦朧《もうろう》とさせ、洗脳に近い作用を及ぼす違法薬を使っていた襲撃者集団は、以前に危惧されていたように魔獣に対しても薬を使って使役しやすくしていたと白状していた。

それを踏まえ、人がほとんど居住しない雪山に隔離した上で薬を中和させながら通常の訓練からの開始となる。雪深い山なので多少暴れたところで人に被害はなく、熟練の調教師が揃っている分、安全だと判断されたようだ。

「使えるようなら村でも飼いたいという申し出は受けています」

「もしかしてツヴァイクの放牧用に？」

「使えるなら、ですが」

佐保の頭の中に大型で毛深いツヴァイクの群れを吠《ほ》えながら追い立てる魔獣の姿が浮かんだ。牧羊犬ならぬ牧ツヴァイク犬の誕生だ。

「それはちょっと見てみたいです」

「仕上がり次第では今年の冬、ツヴァイクが降りて来る時に一緒に来るかもしれませんね」

冬様——冬の象徴ツヴァイクが王都の町を訪れたらそれはもう冬の始まりだ。その時に、近くに躾《しつ》けられて良い子になった魔獣がいれば楽しいことこの上ない。ただし、校外学習時の恐怖から間もないため、見掛けた場合に生徒が混乱する可能性も高く、街中では姿を隠すか、外に出さない方がいいだろう。

和やかに話をしている傍らで、ミオは苦い表情だ。

「佐保様、佐保様は怖くないのですか？　佐保様たちを襲った魔獣ですよ」

「怖くないかと言えば触るのはまだ怖いです。でも僕は見てたからですかね、嬉しそうに尻尾を振ってる魔獣を。そうしたらなんだか可愛いなと思ってしまって」

「え？　ええ、はい、確かに先日もそんな風に話をなさっていたのは私も聞いていましたけど……。ええっ！　それでも怖いものではありませんか？」

ぶるぶると震えるミオは本当に怖がっているらしい。しかし、実際の魔獣を見たことがある騎士の二人は佐保と同じ考えらしく、

「あれは犬ですよミオ」

「腹を出して、撫でろ撫でろって催促してたもんなあ。師範に会わせた後からは馬も怖がらないよう

になったぜ。鼻面で匂いを嗅いでたくらいだ」

だから怖がる必要はないと諭すのだが、ミオは余計に「とんでもない！」と首を振る。

「騎士団の馬はテスタス産ではありませんか。軍馬の産地なんですよ。あそこの馬を普通のと一緒にしないでください」

確かに軍馬は大きい。街中に普通にいる馬の五割増しの体格と二倍以上の耐久力を持っている。狼程度なら蹴散らすだけの力がある。熊と戦っても引き分けるかもしれないと言われている馬なのだ。

佐保の愛馬もテスタス産だが、脚力や持久力を保ちつつ小柄な馬を選ぶのにかなり苦労したらしい。それくらい特筆すべきところが多い馬なのだ。ちなみに、未《いま》だに佐保は踏み台の助けがなければ自力で馬に跨《また》がれない。

「ミオさんは犬を飼うのは嫌ですか？」

「佐保様、犬ではなく魔獣です。そこはお間違えのないようにお願いします。実際に見て本当に信頼できるかどうかを確認しないことには安心できないと考えます」

「木乃さんは？」

「佐保様と騎士団長が安全だと考えているなら安全なのでしょう。ただグラスとリンデンの安全は徹底しておきたいとは思いますが」

「確かに、あの子たちとの相性も大事ですね」

相性という問題か？　とミオが呟《つぶや》いているが気にしない。

「ツヴァイクのことも最初は怖がっていたけど大きさに慣れてからは背中に乗ったりして遊んでいるから、犬でも大丈夫じゃないかなとは思うんですよね。もし奥宮に来るなら、詰め所預りですか？」

本宮――奥宮《おくみや》の出入口に聳える門の横には詰め所がある。主に騎士団が使用しているが、皇国軍兵士も休憩所として利用している。

「犬舎を建てて世話をする必要がありますし、何かあった時に使いやすい詰め所が最適でしょう」

「最初は首輪と紐をつけて連れ回せばいい。ただ軍の方で他に犬も使っているからな。ちびたちよりそっちとの相性の方が問題かもしれない。あいつら、どっちが上位かで喧嘩《けんか》になるからな」

皇国軍は捜査用に軍用犬を使っている。似たような群れが二つあった場合、どちらが上かを決めるのは理に適《かな》っているのだが、軍用犬も普通の犬と違って体も大きく、魔獣と大して変わらない。二つの群れが争えば血で血を洗う戦いが繰り広げられそうなのだが。

「調教していても駄目ですか？」

「群れの頭次第だな。友好的な関係を築くことが出来ればよし。そうじゃない場合はずらして運用するしかない」

「団長様が言っても駄目ですか？」

「私の言うことは聞いても、動物としての本能がありますからね。それに同じ長《おさ》を頭に据えていても、反発し合ったり仲違《なかたが》いをする人はいるでしょう？　例えば、私の指揮下にあってもマーキーとグライスナーはとても仲が悪い」

「それならわかります」

佐保は笑顔で大きく頷き、すぐに「痛い」と額を押さえた。いつものマクスウェルのお仕置きである。

「お前な、それで理解するっていうのはどうなんだよ」

「とてもわかりやすい説明だと思います」

イクセル＝グライスナーは皇帝レグレシティスの兄であるミネルヴァルナ総督エウカリオンの親衛隊長だったが皇妃への不敬が過ぎた結果、エウカリオンから離され騎士団の平騎士から鍛え直しをさせられている最中だ。

どうもグライスナーとマクスウェルは昔から反りが合わなかったらしく、摑み合いの喧嘩こそしないまでも互いに極力関わりたくないのを隠そうともしていない。配置換え理由の皇妃への不敬については改善されているため問題はないのだが、副団長とは相容《い》れない関係のままだった。同じくグライスナーに不満を持っている弥智や瑛杜の方がまだ大人の対応をしているくらいだ。

気に入らない相手は誰にもいるものだと理解しているので、佐保から二人に仲良くするように働きかけるつもりはない。合わないものは合わないのだから他人が何と言おうと無理なのだ。二人共大人であることに加え、騎士団という集団として動く場合には私情を挟まないだけの分別は持っていると信じてもいる。実際に皇妃への不満を持つグライスナーに助けて貰ったことがあるからこそ断言できる。

「じゃあ、仲良くなるのは無理としても喧嘩をしないようにして貰わなきゃいけないですね」

「それも考慮した上で冬に間に合うか、それとも来年の春になるかのどちらかでしょう。元々使役されていた魔獣ですので、人には慣れているのですよ。だからその分覚えも早い。間違っているのは魔獣ではなく、あくまでも命令を下した魔獣使いというだけです」

佐保も頷いた。佐保たちを怖がらせろと命じられて、飛び掛からずにいるだけの頭のよさを持っている魔獣だ。正しく命令を下せば、それに沿って忠実に動くだろう。

「じゃあ奥宮で飼うかどうかはその時に決めればいいですね。もしかしたらツヴァイクと一緒の方が自由で楽しいかもしれないし」

「寒いですけれどね。南の方の国から持ち込まれたのは判明しているので、もしかすると寒さに耐えられないかもしれませんが」

その場合は奥宮に置いていても冬場は使い物にならないのではと思ったが、今の時点で雪山で生活できているのなら寒さへ耐性はあるのかもしれない。

「もし寒いのが無理だった場合はどうするんですか？」

「その場合はサークィン北部以外の都市に移送します。軍用犬や警備犬の需要は高いので、どこでも活躍の場はありますよ。特に東西の港湾都市では探知犬として使ってもいいですしね」

麻薬探知犬のようなものかと佐保は頷いた。

「今回の違法薬に関してもですが、探知犬や軍用犬の活躍も大きかったので育成はこれからも進めなくてはいけません。知能があるとわかっている魔獣が利用できるのはこちらにとっても利点で、徴集することが出来て幸運でした」

「じゃあ後は逃げた主犯だけなんですね」

「ええ。今日で二日ですか。国内はもうどこにも逃げられませんから後は報告を待つだけです」

騎士団や軍が主犯を捕まえることを疑っていないリー・ロンは、自信たっぷりに微笑を浮かべる。

(団長様、かっこいい)

それもこれも万全の策をもって事件の解決に取り組んだ結果だろう。いや、絶対に結果を出すように策を練ったのだ。

「それにしても、僕たちは旧講堂から入りましたけど、副団長様たちはお屋敷から入ってましたよね。あそこに僕がいるってどうしてわかったんですか？」

マクスウェルはひょいと肩を竦《すく》めた。

「今だから言うが、殿下があそこにいると確実にわかっていて行ったわけじゃない。ただ捜査上に浮かんだ屋敷と殿下が地下道を進んだと聞いて、同じ屋敷の地下にいるんだろうと見当をつけたんだ」

元々マクスウェルたちは花街で情報収集を行っていた。そこから捜査範囲を広げて行って引っ掛かったのがあの屋敷で、廃屋にも拘《かか》わらず人が集まっているのを確認。学院の旧講堂側からの地下通路から侵入する部隊と屋敷側から突入する部隊に分かれて強行。無事に違法薬の売人組織の大多数を取り押さえ、佐保たちの救出の成功にも繋がった。

「まさか地下倉庫が激戦地だったとは思わなかったからな、神花が咲いた瞬間には焦った」

「重ね重ね、助けていただいてありがとうございました」

神花が咲くのは佐保が危険に陥った時だと何度も遭遇しているマクスウェルも学んでいる。レグレシティィス同様、指揮を執りながら気が気ではなかっただろう。

実際に弥智とパートゥ＝ラッシュという二人の騎士がいても危なかったのだ。エイクレアが単独行動をして駆け付けなかったら神花の蔓も間に合わなかったかもしれない。

マクスウェルはにっこり笑うと、大きく伸びをした。

「ああ、これでようやく寝床で寝れる」

「今までは寝台で寝てなかったんですか？」

「寝てなかったんだよ」

「嘘《うそ》は言わないように。報告は正確になさい。この男はずっと街の家の方で寝泊まりしていましたから、騎士団宿舎に戻れると言っているのですよ」

学院に通うにあたって、弥智が仮初《かりそめ》の家とし、花街など歓楽街周辺の捜査の拠点にしていたダミー用の家のことだ。

「副団長様はずっと？」

「偶《たま》に本部には顔を出してたんだが、基本はずっと街だったな。入れ代わり立ち代わり騎士たちが出入りする家で寝台は数が不足、床で寝たり椅子の上で寝たりだったんだ」

「副団長様でもですか？」

副団長という役職を持っていても他の騎士と同等の待遇なのかという意味で尋ねると、マクスウェルは重々しく頷いた。

「こういう時は絶対に譲らない。くじや交代で使用表を作って使うんだ」

「へえ」

「と、マーキーが言っていますが、疲労を溜めていざという時に使えない体なのは言語道断なので、言うほど悪い待遇ではないのですよ。それに聴き取りと称して酒場や娼館を回っていたのですから、悪いことばかりではなかったでしょう？」

「黙秘する」

副団長はむっすりと黙ってしまった。

「副団長様、機嫌が悪そうですね。娼館や酒場だから喜んで回っていたと思ってました」

「それはですね」

言いかけたリー・ロンの口をマクスウェルが凄い勢いで塞いだ。

「言うなって」

しかしながら、その気になれば簡単に拘束から抜け出すことが出来るのがリー・ロンという男である。

軽く手首の内側を押しただけで、「痛ェ《いて》」と手を放してしまったマクスウェルを見ながら、教えてくれたのは、マクスウェルが女装して捜査に回っていたということだ。

「マーキーだけでなく数名が女装して潜り込んでいました。私たちは顔が売れていますから、出来るだけ派手な化粧をして、派手な身形《みなり》で目立つように」

「聞いてくれよ殿下。こいつ、わざと体のデカい奴ばかりを選んで女装させたんだぞ。性格の悪さが滲《にじ》み出ていると思わないか」

「え」

「失礼な。意外性があった方がいいと思っただけですよ。全員をきれいに、女性に見えるようにするのにどれだけ苦労したことか……」

「それはしなくていい苦労だよな!?」

副団長のこめかみには青筋が浮かんでいた。

「何を言うんですか。あなた方の潜入捜査のおかげで怪しい人たちの動きがわかったのですから、すべき苦労だったのは間違いありません」

リー・ロンは憤るマクスウェルの小麦色の頭を撫でた。

「身を挺《てい》しての熱意、素晴らしいではありませんか」

（おお、団長様が優しい）

なんだかドキドキしながら二人を見つめていた佐保だが、すぐにマクスウェルはリー・ロンの手を摑んで下ろさせた。

「笑いながら言っても嬉しくねぇんだよ。大方、弥智を女装させられなかったから俺たちにさせたんだろう」

「弥智は殿下の側にいて貰う必要がありましたからね。本人が嫌がったというよりも、突然現れた女性が殿下が扮《ふん》するクサカという学生と親しくしているのは好ましくないという判断になっただけです」

「次は絶対に俺が護衛になる。それで弥智に女装させろ。それから俺たちが女装させられたと知って悔しがっていた連中がいたから、そいつらの名前は書いて残してある。そいつらにさせろ」

「連中……」

ということは一人ではなく複数形。さすが皇国が誇る騎士団、秘めた情熱を持つ人材も豊富だ。

「それは考えておきましょう。今回の件で私も実感しました。女装男装が出来る技術を鍛えていて損はありません。いつそのような場面に遭遇するかわからないのですから、自然に行えるようにしておく必要があります」

「おい、まさかとは思うが」

「いずれ変装の訓練時に女装と男装を取り入れるつもりです。女装している男性に見せかけた女性と思わせつつ、本当は男だったという惑わしもあった方がいいでしょう」

「おい師範、それは本当に真面目に任務のためだと思っての提案だろうな」

「当たり前です。先ほど殿下にも話しましたが、私は必要不可欠な場合以外の無駄は好みませんよ。あなたもそれくらいはわかっているでしょう？」

「……わかっているから質《たち》が悪いんだ」

マクスウェルはガックリと項垂《うなだ》れて、卓上に頬杖《づえ》をついて顔を両手で覆った。

それを笑った団長はゆっくりと立ち上がった。

「殿下に捜査の状況をお伝えするだけなのに長くなってしまいました。そういうことですので、陛下のお戻りも早いはずです。かなり根を詰めて執務をなさっていましたから、労ってあげてください」

殿下にしか出来ないことですから。

そう言って団長は本宮を辞した。副団長はこのままでいいのかと思ったが、通常の佐保の護衛任務に戻ったというので、今日は夜までこのまま本宮にいるらしい。

（グラスとリンデンも大喜びだね）

今は眠っている二匹もしばらくはマクスウェルに遊んで貰っていなかったので、昼寝から目覚めた後もいると知れば喜ぶに違いない。


どうにかして女装の特訓を止《や》めさせたいと、帰宅したレグレシティスに懇願したマクスウェルだったが、

「それが佐保のためになるかもしれないのなら私はリー・ロンに賛成する」

とまったく取り合って貰えず、その場でしゃがみ込んでしまった。

足元でチョロチョロして「どうしたの？」と見上げる仔獣たちだけが癒《いや》しだったと、佐保は後から聞いた。

皇帝陛下は皇妃殿下のためならば、どんな手段を講じても構わないと考えている――。

それは皇国軍騎士団員の多くを絶望の底に叩き込んだが、順応精神が旺盛な騎士たちのこと。慣れるのも早かった。

騎士団本部にある宿舎では、誰が一番の美を誇っているかで競争が行われるようになったとか。余談である。

今日の仔獣

「さあ、今日は天気がいいから寝床を掃除しますよ。布団も外に干しますからね」

仔獣《こけもの》の体より遥《はる》かに大きな籠を抱え、露台《バルコニー》に出る私の後をグラスとリンデンがついて来る。

「昼寝じゃありません。掃除です、掃除」

柔らかな端切れがたっぷり詰め込まれた佐保様《さほ》お手製の布団をめくり上げた時に、それを見つけた。

「なんでしょう、これは……」

花の意匠の耳飾りがコロンと布団の隙間から転がり落ちて来たのだ。赤く大きな紅玉《ルビー》が嵌《は》められた大ぶりな耳飾り。

「……佐保様の手持ちにはないものですね。誰かがこの子たちの部屋に入った？」

しかし、私と木乃《きの》さん以外の侍従や下働きは、私邸区画には許可なく入って来ることはない。それにたとえ入って来たとしても、侍従も下働きもこんな派手な耳飾りを身に着けることはあり得ない。

「どなたか女性が入り込んで来た？」

いいや、それはない。そんな勝手は許されない。護衛の騎士たちからは何も報告を受けておらず、侍従長からも話を聞いた覚えはない。

あと考えられるのは、陛下がうっかり持ち帰って来たどこかの貴婦人の装飾品ということだが、

◇　◇　◇

「これは可能性としてもまったくないから却下ですね」

佐保様第一の陛下が、たとえ偶然だったとしてもご婦人と体が触れ合う距離で接触するはずがないのだ。皇帝として尊敬し、人柄を好ましく思ってはいても、仮面の皇帝の噂《うわさ》は未《いま》だ根強く残されており、よほどの事情がない限り、女性たちは今も陛下の側《そば》に行くことを避けている節がある。

だから、陛下が持ち帰ったというのは絶対にない。

「誰かの持ち物なら、きっと探しているでしょうね」

持ち上げて、太陽の光に翳《かざ》せば大粒の宝石は赤く輝き、妙な迫力を醸し出している。細工も上等、確かに高価な品なのだろうが、今の後宮には相応《ふさわ》しくない。佐保様のものでもない。一体どこから？

もしや陛下が浮気……。いや！　それは絶対にない！

悩む私を見上げて仔獣たちがピーピー文句を言っている。

文句より出所を教えて欲しい。

「こらこら、そんなに鳴いても返しません。少しの間これを借りますよ。あ、こら服を引っ張らない！」

◇　◇

とりあえず、最初に佐保様に尋ねてみたところ、見覚えはないと言う。

「見たことないです。こんな立派な宝石、もしも見てたら絶対に覚えてるし、その前に拾ってますよ」

佐保様も出所のわからない宝石の出現に目を丸くし、書き取り練習の手を止めた。

「ついでに休憩しよう。腕が疲れちゃった」

佐保様の厚意により、お茶とお菓子をお供に宝石の話をすることに。

さて、と姿勢を正した佐保様は、私の後をついて来た仔獣たちを掬《すく》い上げ、卓《テーブル》の上に乗せると目を合わせて訊《き》いた。

「お前たち、こんなのをいつ拾って来たの？」

赤い宝石を奪われた仔獣は、

「どこに持ってくの？　返してよ。とらないで」

そんな声が聞こえてきそうなくらい、佐保様に向かって話しかけている。

おそらくは、私が勝手に持ち去ったことへの文句と、取り返してくれと頼んでいるのだろう。

必死な仔獣には悪いが、その願いは佐保様も聞くことは出来ない。

「ごめんね。とっても気に入ってるのはわかるんだけど、もしも誰かの落し物だったら大変でしょう？　今頃探してるかもしれないからね」

それでも仔獣たちは抗議を続ける。小さな獣が首を精一杯伸ばして、ずっと鳴き続ける姿は確かに同情を誘うものでもあった。

撫《な》でても駄目、慰めの声を掛けても駄目。いつもは割と聞き分けのよい仔獣なので珍しい。

赤い宝石が欲しいと鳴く仔獣たちに困り果てていた佐保様は、

「そうだ！」

急に声を上げたと思ったら、バタバタと隣の部屋に駆けて行き、すぐに両手を抱えるようにして戻って来た。

「ほら、これはどう？　これも丸くて赤っぽくて可愛《かわい》いよ」

二匹の前で佐保様は、ゆっくりと手のひらを開いて見せた。そこにあったのは薄く紅がかった丸い硝子《ガラス》の玉。親指と人差し指で作った円ほどの大きさだ。

仔獣たちの目が輝いた。ころんと卓の上に転がせば、すぐに駆け寄り、すりすりと顔を摺《す》り寄せる。

「気に入ったみたいでよかった」

「これはどうなさったんですか？」

「ナバル村にいた時に貰《もら》った水晶です。と言っても高いのじゃないですよ。組紐《ひも》につける飾りを売りに来る行商人がいてね、その時に村でまとめて百個くらい買ったんです。だけど、安いから不具合もあって」

ほら、と言いながら佐保様は仔獣たちが巻き付こうと頑張《がんば》っている水晶の表面を指さした。

「これ、穴が開いてないでしょう？」

「本当です」

多少歪《いびつ》な球面は、全体が丸くつるりとしていて、穴はおろかどこにも取っ掛かりはない。

「穴がなかったら組紐を取り付けられない。そんな不具合があるのも込みでの値段だから、村の人たちはみんな納得してるんです。で、元々が安物で加工されて初めて売れる品になる水晶の中で、売り物にならないのは子供たちに配られるんです。遊び道具として」

「水晶が遊び道具だったんですか！」

言葉の響きだけなら何とも高級感溢《あふ》れるものだ。

「転がしたり弾《はじ》いたり、ただの飾りにしたりいろいろ。僕もおまけで貰って、そのまま袋の中に入れて持って来たんです」

それがここで役に立ったというわけだ。

「キラキラしてるのが好きなのかなあ」

もしもそういうものが好きなのであれば、確かに仔獣の日常の中には縁がない。佐保様も陛下も基本的に光り物は身に着けない。たまに私が髪飾りをつける程度で、あとは陛下とお揃《そろ》いの皇帝夫妻の証《あかし》、月神《つきがみ》の慈愛が片方の耳に嵌められているくらいだ。

「よかったねえ、好きなのがあって。ごめんね、お前たちがそんなにキラキラが好きだとは知らなかったんだ。今度から、何かいいのがあったらあげるね」

さっきまでの抗議はどこに行ったのか。二匹は貰った水晶の玉にじゃれ付くので忙しい。

ただ、赤い宝石が耳飾りについていたのと違い、水晶はそのままの状態だ。頬擦《ほお》りしたり擂り寄ることは出来ても、巻き付くことは出来ず、何度も何度も尾をぐるりと巻き付けては滑ることの繰り返し。おまけに、仔獣たちがじゃれ付く度《たび》にころころと動くものだから、佐保様と私は水晶が卓から落ちないように、先ほどから何度も手で押さえている。

「上は危ないから下に置くね。下だったらそんなにすぐには転がらないから登れるかもしれないよ」

笑いながら佐保様が水晶と二匹を抱えて絨毯《じゅうたん》に下ろす。

二匹はいっぺんに飛びついた。

「遊ぶのはいいけど、本当にどこから持って来たんだろう。陛下にも訊いておきますね。心当たりがないか」

「お願いします」

たぶん、陛下も思い当たることはないだろう。

仔獣たちが教えてくれるはずもなく、明日は赤い宝石がどこから来たのかを探すことに一日を費やすことになりそうだ。

◇　◇

翌日。予定通り今日は朝からグラスとリンデンが拾って来た赤い宝石の出所探しだ。

「ないですねえ……」

お二人の食事を済ませ、陛下がお出かけになった後からずっと中庭で捜索を試みたが、外部の人が立ち入った形跡はない。

元々が居間からのみ出入り可能な庭なので、誰の目にも留まらずに入り込むことはまず不可能なのだ。外から投げ入れることは出来るが、常に立って見張っている騎士の目を掻《か》い潜《くぐ》ってまでするようなことではない。よって、この案は却下だ。

中庭に普段から立ち入るのは、陛下と佐保様以外には、私か木乃さん、それに時々やって来る団長や副団長くらいだ。キクロス様は露台からにこにこ眺めているだけで、下りて来ることはほとんどない。

もしもご婦人が入り込んでいたとしても、踵《かかと》の細い靴の跡がどこかに残っていなくてはいけない。それもない。

それとも意中のどなたかに渡そうと持って来ていた耳飾りを落としてしまったのか。

それなら中庭に限らず、本宮《ほんぐう》内のどこにでも可能性はある。

当人が落とされたことに気づかず、そして光る宝石を見つけた仔獣たちが自分たちの寝床へ運ぶ――。

一番ありそうな可能性を思いついた私だが、誰が落としたのかとなると皆目見当もつかないのだ。

本宮は基本的に人の出入りはあまりない。元が皇帝陛下の住居なのだから、私的な交友関係でもない限り、人は訪れないのが基本だ。騎士たちや宰相は別格として、飾り物を持って訪れるような方々は、基本的にいないと思う。

「――いや、待てよ」

あった。

先日、宰相を含めた数名の官長たちが本宮に来て、晩餐会《ばんさん》という名の宴会を催した。食事の後は佐保様は自室に下がったが、その後も宰相、騎士団長、副団長に外政官長など酒に強い御仁数名が残って、夜が更けるまで酒と話に興じていた。

陛下が佐保様に酒臭いと言われて落ち込んだあの夜ならば、あり得ない話ではない。

あの夜は言っては失礼かもしれないが、普段の官長たちとは違っていた。上衣を脱いでいた方もいたし、酒と食べ物を求めて歩き回っている人は多かった。給仕のために控えていた侍従や下働きたちは、彼等高位の方々に恐れをなして隅に固まっていたので、候補から外してもよいだろう。眠りについた仔獣が騒ぎに気づいて起き出していたとすれば――。

調べなければ！　まずは宰相だ。

◇　◇

ちょうどよいことに木乃さんが王城に行く予定があるという。これ幸いと宰相への伝言を頼んだ。

「宰相がご存知だと思うか？」

「わかりません。でもあの夜は宰相は酔っているようには見えなかったので。冷静な観察眼をお持ちだし、私たち男には気づかないことも見ていたかもしれません」

宰相が宝石に興味があると聞いたことはないが、男装していても指輪や耳飾りなどの装飾品はさり気なくつけている宰相だ。大ぶりの宝石がついた耳飾りのことをもしかしたら覚えているかもしれない。

「わかった。昼前には答えをいただいて戻れると思う」

「よろしくお願いします」

木乃さんが戻るまで、掃除をしておこう。

「やはりご存知なかった」

戻って来た木乃さんから宰相の返事を聞いた私は、当てが外れてがっかりしたが、真っ白な手拭いに包まれた耳飾りを返して貰い、「こんな派手な飾りを私がつけるわけがない」と言った時の宰相の苦い表情を想像し、少しだけ笑ってしまった。

実に宰相らしい物言いではないか。

「赤と言えばあいつに訊いてみろと言われていたが」

「ああ、それは将軍のことです。髪も赤毛で、皇国軍の制服も赤なので、王城の中では赤い人と言えば大抵はサナルディア様のことだと話が通じます」

「将軍なのにそれで済むのか？」

半信半疑だが実際にそうなのだから仕方がない。一般国民から見れば、将軍サナルディア様は国の英雄の一人だが、王城の中にいると宰相と将軍の力関係——姉弟《きょうだい》関係も見えてしまう。

宰相が「あいつ」と言うのならば、皇国軍総将軍サナルディア様に他ならないが、あの朴念仁《ぼくねんじん》の塊と宝石がどうにも結びつかない。姉君の宰相がいろいろな場で「赤い奴《やつ》」呼ばわりしているのが、いつの間にか定着してしまっているというわけだ。無論、公の場ではお二人とも役職を心得ていておくびにも出さないが、そうでない時はまあ……そんなものだ。

「赤い宝石と赤い髪の将軍、安直な気もしないことはないですが。一応、尋ねてみることにします」

言いながらふと思い出す。将軍は佐保様に髪飾りを贈ったこともある。市場に品定めにも来るくらいだ。

可能性としてはないこともないのか……。

◇　◇

赤い人は兵舎にいるというので向かったら！　女性と揉《も》めているのに遭遇。あれは確か元元元……たぶん二人目くらいの婚約者、つまりは破談になった相手。慌てて物陰に隠れ様子を見るが、将軍は不機嫌そう。兵士たちも遠巻きに、だけど興味津々で見ている。ここで話しかける勇気はない……。

（一体どうすれば……）

只今《ただいま》、私は陰に隠れて建物に張り付き、少し先の回廊で揉めている男女を眺めているところだ。

赤い髪は私が訪ねようとしていた将軍。もう一人、長い金髪を背中に流した大柄な花模様の衣装の女性。顔は覚えているが名前は忘れた。確か執政官府の役人の三女だったか、五女だったかどちらかだ。

どうやら女性が将軍に何やら訴えているようだが、ここからでは詳しい内容を聞き取ることは出来ない。

もっと近くにいる誰かに後から聞こうと思い、周囲を見回せば、皆、私と同じように距離を置き、知らぬふりをすることに決めているようだ。これでは何で揉めているのかわからないではないか。

拳《こぶし》を握り締め、将軍を見上げる女性の表情はどこか必死で、泣きそうにも見えた。

そうそう、思い出した。確か将軍と破談になった後、城下の豪商の息子との婚約が成立し、間もなく婚儀を挙げる予定になっていたはずだ。

どうして私がそこまで詳しいのかというと、佐保様に婚儀への出席の打診が来ていたからだ。まるで接触のない相手からの依頼なので丁重にお断りさせていただいた。要は、皇妃殿下へ一瞬でも参列して貰い、家名に箔《はく》をつけたいと思っていた節がある。豪商の方に。断って当然だ。

「しかし、婚礼前の女性が元婚約者と会っていたなんて噂が立ったらよくないんじゃ……」

「そう思いますよねえ、だから僕もお断りしたんですが、どうしても将軍に会わせろって癇癪《かんしゃく》起こされてしまって」

「小隊長！」

いつの間にか私のすぐ隣にぴたりと張り付くように、将軍のところの小隊長がしゃがんでいた。三十前で若いこともあり、割と気さくな人柄で、兵士の中では親しくしている相手だ。

「なんかですねー、破談は自分の本意じゃなかった、だからもう一度婚約してくれと言ってるんですね」

「それは……」

修羅場だ。そして、凄《すご》い行動力だと感心するが、それでいいのか嫁入り前の娘が。それ以上に、

「そうまでしてまで将軍と結婚したいものなんでしょうか？」

◇　◇

しばらく小隊長と一緒に物陰に潜んで観察していた――先の発言の後なぜか小隊長に溜息《ためいき》をつかれた――が、騒ぎを聞き付けた女性の父親である府吏《やくにん》が駆け付け、娘を引っ張って行ってしまった。ぺこぺことそれはもう何度も頭を下げて、騒ぎ怒る娘を部下らしき役人と共に引き連れていく父親は、しばらくは兵舎の周りには近づかない方がいいだろう。

小隊長によると長い間、女性の相手をしていたせいなのか、将軍は女性がいなくなってあからさまにほっとした表情をしている。

「復縁すると思いますか？」

「そりゃあないです。確かに将軍は気の強い方が好みみたいですが、分別のない人は嫌いだと言っていましたから」

つまりあの女性は直談判《じかだんぱん》した分、余計に嫌われたということだ。将軍の側から破談にしたのであれば、気の毒だとしか言いようがない。

「破談にする時にきちんとお話しして納得させればよかったのに」

「それが出来ればいいんでしょうが……」

小隊長の溜息に、何事かと尋ねると、この女性が初めてではないというのだ、破談を取り消せと言って来たのは。自分から破談を申し入れた女性たちからも復縁を迫られているという……。どうしてそんなに将軍が人気なのだろう？　謎《なぞ》だ。

「早く身を固めて貰えればこんな苦労もしなくて済むのに」

「いい相手が見つかればいいですね」

場の空気を読まないと時々言われる（失礼な！）私でも、さすがに暢気《のんき》に耳飾りのことなど聞けない。尋ねるにしても、しばらく間を空けた方がいい。

将軍は後回しにし、私は二層に向かった。もしも運がよければどなたか官長たちに近しい人に会えるかと期待して行ったのだが、まさか外政官長に直接会えるとは！　幸運だ。

「赤い宝石？　いや私には身に覚えがないな。贈り物にするにしても、少し古臭い意匠で女性には好まれないだろうしね」

……口髭《ひげ》が素敵だと言われる美中年らしきお言葉をいただいた。

陛下の周囲を固める官長は個性的な方が多く、副団長ほどではないが華やかで社交的で、女性にも人気のあるのが外政官長なのだ。ちなみに独身である。……陛下の周りが独身ばかりなのは何故《なぜ》だ？

「私は知らないが、団長殿に尋ねてみるといい。目敏《めざと》いあの人なら、何か知っているかもしれないぞ」

◇　◇

騎士団長に会わなければと思ったものの、どこに行けば会えるのか悩むところだ。騎士団の本部は一層にある。訓練中であれば一層に、陛下の護衛なら三層の王城に、巡回中なら王城の外だ。私が今いるところは二層。どちらにも行けるが——。

とりあえず、一層に戻ろうかと二門まで向かったところで、見慣れた顔を発見。私服姿の団長だ。

普段から黒一色の制服ばかりを見ているから、いつもは身に着けない水色に薄茶の縁取りの上着を着ていると、雰囲気が違って見える。ズボンは陛下の髪と同じ濃い灰色で、全体的にふわりと明るい感じだ。背中の低い位置で結ばれた長い栗《くり》色の髪と、腰に佩《は》いた二本の剣はそのままなので、余計にそう感じるのかもしれない。ちなみにリボンは水色で上着とお揃いの色だった。

非番だというので珍しくも私服姿の団長は、革職人のタニヤさんのところに手袋の替えを注文しに行った帰りらしい。

「おや珍しいところで会いますね。殿下のお遣いですか？」

「いえ、物を尋ねて回っていました。それで実は団長にもお尋ねしたいのですが、よろしいでしょうか？」

「構いませんよ」

上まで戻るという団長と二人、回廊を奥宮《おくみや》へ向かいながら耳飾りの話をした。

「これなんですけど、見覚えはありますか？」

少しの間、耳飾りを凝視していた団長は、

「以前に本宮で見た覚えはあります。これと同じものかどうかはわかりませんが」

まさかと思う答えをくれた。しかも本宮で、だ。開始地点へ戻ってしまった……。

「でも佐保様も陛下もキクロス様も、どなたもご存知ないそうなんです。二匹がどこかから持って来たのは確かだと思うんですが、どうでしょうか」

「私もどこにそれがあったのかまではわかりません。いっそあの子たちに直接訊いてみた方がいいでしょうね」

教えてくれるのだろうか？

こちらの話している内容は理解しているはずだが、だからと言って会話のようなものが成立することはあまりない。腹が空いた時に食事を要求するくらいで、今回の耳飾りのことが発覚した時に、文句を言っていたのも珍しい方なのだ。

「どちらにしても知っているのはあの子たちだけ。よろしい。私が尋ねてみます」

これは何とも心強い味方が出来たものだ。

私は団長と共に、意気揚々と本宮へ向かった。

◇　◇

「え？　団長様？」

ひょっこりと扉から顔を出したのが誰なのか、一瞬わからなかった佐保様は目を丸くした後、

「びっくりしたあ」

と呟《つぶや》いた。

「そんなに驚きますか？」

「はい。僕の中の団長様は騎士団の制服着て真っ黒い印象が強いから、別の色を着ているのは不思議な感じがします」

佐保様と団長を居間の椅子に案内し、私は簡単なお茶の用意をした。二匹の姿が見えないので、ついでに仔獣たちの部屋を覗《のぞ》いたがそこにはいなかった――と思ったら、居間の窓辺に二匹が丸くなって眠っているのを発見。昼寝用の寝床の中にいなかったから気づかなかった。危うく踏むところだった。気をつけよう。

お茶を用意して戻ると、佐保様と団長はなごやかに雑談に興じているところだった。こののんびりとした雰囲気は陛下お一人だった時にはなかったもので、佐保様には皆がとても感謝している。丸くなって眠る仔獣も可愛らしい。

「じゃあ、今日は久しぶりのお休みだったんですね」

「ええ。非番でも団には顔を出すことが多いんですけれどね、今日は他に用事もありましたし」

団長はタニヤさんに新しい革手袋を作って貰うよう、依頼に行った帰りだったと佐保様に話した。

「タニヤの手袋に慣れてしまうと、どうにも他のものでは落ち着かないんですよ。今まで使っていたのは既製品だったのですが、タニヤに尋ねてみたところ、手袋も受注製作出来ると言うのでついでにそれもお願いしてきました。やはり普段から使うものなので、こちらの要望を取り入れていただけるのは有難いものです」

「よかったですね。出来上がったら僕にも見せていただけますか？」

「もちろんです。でも私の手袋を見たら殿下も欲しくなるかもしれませんね」

「本当によさそうだったら僕、本気で注文しますよ。陛下の分と一緒に二つでもいいなあ」

仔獣たちはすぴすぴ寝言を言いながら昼寝中。佐保様と団長はのんびりほのぼの。

実に長閑《のどか》な午後である。

◇　　◇

「もうそろそろ起きるとは思うんだけど……」

二杯目のお茶をお代わりしてもまだ、二匹が起きる気配はない。昨夜は夜更かしすることなく普通に眠り、今朝もいつも通りの時刻に起き出して、特に寝不足になるようなことは何もない。

「午前中は神花《しんか》のところで蔓《つる》に登って遊んでいたけど、いつものことだし。二匹で追いかけっこしてたからそのせいかな。体調が悪いってことはないと思う」

「特に気にすることはありませんよ。幻獣の生態は本当にわかっていない部分の方が多いんですから。特にこの子たちみたいな幼獣を知る機会は、幻獣使いや獣がすぐ間近にいる者たちにしかないのが普通です。眠っている間に成長するための何かを蓄えていると考えればよろしいかと」

団長の言葉には説得力があり、佐保様も安心したようだ。

「少しは大きくなってるのかな」

佐保様は眠る仔獣たちの側にしゃがみ、ひょいと二匹を摘《つま》み上げた。

「いつも思うんだけど、本当に緊張感の欠片《かけら》もないんだから……。生まれた時からそうだったから、性格なんだと思うけど、図太いのかのんびりしすぎてるのか、どっちなんだろう」

くすぐっちゃえと言いながら、佐保様は仔獣の毛を撫でるようにこしょこしょと指を動かした。

くったりと眠っている二匹は、それでも目を覚まそうとしない。さすがに何かが眠りの邪魔をしているのを感じているせいか、うねうねと体を揺らし、手のひらの上で場所を変えようと動くが、それも眠ったままの無意識の行動だ。幻獣の神秘性は欠片もない。

つまりは、

「ちっとも起きる気配がない……」

佐保様が呆《あき》れるほど、寛《くつろ》ぎ切っているのである。言い換えれば、安全な場所で守られているのを知っているということでもあり、伝わる温《ぬく》もりが佐保様のものだとわかっているのだ。

「でもそろそろ起こした方がいいですよね。もしもこの子たちに訊いてもわからなかったら、次に探しに行かなくちゃいけないでしょう？」

そうだった。あまりにもほのぼのしていて、自分に課した任務を忘れるところだった。

◇　◇

「では起こしますか」

団長が軽い調子で言った直後、仔獣たちがピンと背筋を伸ばして跳ね起きた。目もぱっちりと開き、小さな羽はいっぱいいっぱいまで広げられ、尾の先は上を向き、そうして背伸びをして佐保様の手のひらの上で毛を逆立てている。

警戒。

まさに仔獣たちは警戒態勢に入り、見えない何かに対して威嚇をしているのだ。

「なに？　どうしたの？」

一度仔獣が戦う姿を見ている佐保様は、尋常ならざる事態が発生したのではないかと、慌てて腰を浮かせている。それでも仔獣を離さないのは、守らなければという意識が働いているからだ。庇護《ひご》するものとされるもの、仔獣は佐保様を守ろうとし、佐保様は仔獣を守ろうとする。そんな彼らを守るのは私たち侍従の役目であり、騎士や陛下の役目だ。

その騎士の筆頭、団長は二匹や佐保様の様子をしばらく黙って眺めていたが、やがて「よし」という声がして、すぐに朗らかな笑い声が部屋の中に響いた。

笑っているのはもちろん、団長だ。

「驚かせてしまって申し訳ありません。もう大丈夫ですよ」

団長の言葉に嘘《うそ》はなく、ふっくらと膨らんでいた二匹の毛も今は元通りになっている。羽はまだ名残りでふよふよ揺れているが、直に背中に収まるだろう。

そして、きょろきょろと周りを見回す仔獣に、先ほどまでのちょっと凜々《りり》しいところはどこにもない。のんびり屋で気楽ないつもの仔獣に戻っている。

「ええと、今何があったんですか？」

安心したのか、再び眠りにつこうとした二匹を起こしながら佐保様が尋ねると、団長はいい笑顔で教えてくれた。

「特訓ですよ。殺気にすぐに反応できるかどうか、試してみただけです。一応は合格ですね。微々たるものではありますが、私の殺気を受けて寝続けるのなら、少し獣としての躾《しつけ》を施す必要がありましたが、大丈夫のようです」

「そ、それはよかったです……」

佐保様の声が上擦っている。さすがの佐保様も、いい笑顔の団長には何やら感じるところがあったらしい。

◇　◇

団長はたまに仔獣に警戒心を抱かせる訓練を施しているらしい。本宮では危機感は育ちそうにないですからとかなんとか……。失礼なのか褒めているのかわからないが、よい意味に取っておこう。

子育ては大変なんですねえとのんびり佐保様が言う。

確かに佐保様に殺気は無理かも。

「本宮は佐保様や陛下にとって安全であると同時に、幻獣にも安心して暮らせる場所です。ただ、そのままでは危機感に対する反応や警戒が薄くなってしまう可能性があります。獣の本能で反応はしても、出来るなら野生の獣と同じか、それ以上に能力を出せるようにしておく必要があります。本宮は安全で誰も害意を持つものはいません。少なくとも今現在は。それは陛下にとってもとてもよいことなんです、本来は」

「でも幻獣にとっては少し甘い環境ってことなんですね」

「正解です、殿下。ですから、たまにこうして殺気を与えて、特訓しているというわけです。放つ殺気は大小様々、今のところ漏れはないので、ご安心ください」

ということは、日頃から私たちの知らないところで団長の特訓は行われていたということになる。

（リンデン、グラス……。お前たち、頑張っているんですね……）

騎士たちだけでなく、幼い獣の訓練までしているとは。

騎士や陛下だけでなく、仔獣たちにとっても団長は指南役なのだ。ラジャクーンを育てる佐保様の助言役だけある。

「団長様は凄いんですね。僕なんか絶対に無理です」

「一応、それが飯の種ですからね」

団長は朗らかに言うが、殺気とは文字通り、殺すつもりで放つ気配。本気で殺《あや》めるつもりはなかったにしても、直接自分に向けられたのなら、卒倒してしまう自信がある。

これはかりは我慢しようとは思わない。

団長の本気ほど恐ろしいものはない。

陛下も公言しているくらいだから、相当のものなのだろう。

「こういうわけで、私がいる時に時々この子たちが妙な行動を取ることがあっても気にしないでください」

「わかりました。よろしくお願いします」

「今はまだ城の中だけで生活していますが、そのうち森か草原にでも出かけて放ってみるのもいいかもしれませんね。もっとずっと大きくなってからのことですが」

団長は手のひらに乗せた仔獣の顎の下を指でくすぐった。

殺気を与えられていたのに、二匹が団長を怖がることはない。それだけ安心しているのだろう。

躾はなかなかに難しい。

◇　◇

仔獣たちが目を覚まし、やっと赤い宝石の出所を訊ける。

そう思っていたのに、仔獣たちは床に下ろされた瞬間、佐保様の顔を見上げて鳴き出した。

今度はなんだ?

「お前たち……もしかしてお腹《なか》が空いたの?」

二匹は思い切り大きく尾を振った。

まさかの空腹を訴える眼差《まなざ》しに、佐保様はやれやれと額に手を当てた。

「ミオさん、ごめんなさい。先にこの子たちにおやつをやっていいですか?　たぶん、そうしないと気分が散ってしまって何も出来ないと思うから」

「それは構いません。先におやつを食べさせてからでも十分大丈夫ですので」

ここまで来れば、耳飾りの出処が判明するのは、きっとあとわずかのこと。おやつを食べるくらいは何の問題もない。

「よかった。ほら、リンデン、グラス。行くよ」

佐保様は立ち上がり、露台の窓を開け放った。中庭に下りるのだとわかった仔獣は、急いで佐保様の後を追った。

仔獣たちのおやつ、それは神花だ。ただし、食べすぎると夜の食事が入らなくなるため、一度に一つの花しか食べてはいけない決まりになっている。

神花も大きな花ではないが、仔獣の体長の数倍にはなる。体のどこに花びらが入るのかと、時々不思議になるが、幻獣と神花という一般的な常識が当てはまる組み合わせではないので、あまり気にしないことにしている。

芝生の上に出ると、二匹は一目散に神花の蔓に向かって駆け出した。

佐保様の足元を一生懸命走って行く。

「食いしん坊なんだから……」

「そんなものでしょう。好物を目の前にして喜ばないものはいません。それが獣でも人でも同じこと」

団長も隣でにこやかに食事風景を眺めている。

薄く光彩を放ちながら揺れる神花と、金色と緑色の二匹のラジャクーン。画材を持って来て描けば、幻想的な一枚の絵が出来上がりそうだが、生憎《あいにく》私には絵心がない。

今度木乃さんか佐保様に尋ねてみよう。

仔獣の絵を描いてみませんか、と。

◇　◇

二匹を描くのは後回し。満腹になってまた眠ってしまう前に、耳飾りのことを教えて貰わねば。

だがどんな風に団長は聞き出すつもりなのだろう？

いくら団長が何でも出来る無敵の人でも、幻獣と会話は出来ないはずだ。仔獣たちの言葉も音にならない。

どうするのかと眺めていると、団長は私に耳飾りを寄越すよう手のひらを上に向けて差し出した。

「あ、はい」

慌てて懐に入れたままだった耳飾りを取り出し、包んでいた布を取り払った。

「！」

それを見た時の二匹の反応。佐保様に水晶を貰ってご機嫌で、もうすっかり赤い宝石のことは忘れたと思っていたが、そこまでお気楽でもなかったらしく、再び鳴き出した。自分たちのお気に入りだった宝石で、しかも私に取られてしまったことまで一緒に思い出したようだ。

耳飾りを見ながら私をちらちら見る目が、それを物語っている。

「ちゃんと覚えているようですね。重畳《ちょうじょう》」

だがそれさえも団長の計算のうちだったらしい。

それはそうだ。仔獣たちから宝石を取り上げてまだ二日しか経《た》っていないが、忘れてしまっている可能性もなきにしも非《あら》ず。どこから持って来たのか、場所さえも忘れてしまっていた可能性が高い。

「これをちゃんと覚えていますね？」

しゃがんだ団長は二匹の鼻先に耳飾りを近づけた。てっきり貰えるのだと思っていた二匹は、すぐに立ち上がった団長と耳飾りを恨めしそうに見上げている。

「お前たちにはこの耳飾りは大きすぎます。だから今から元の場所に返すことにします」

言いながら団長は耳飾りを持った手を大きく後ろに振りかぶった。じっと目で動きを追う仔獣。二匹を横目で確認して、にやりと口元に笑みを浮かべた団長。

「それ！」

軽い掛け声と共に手が宙をしなり、遠くへ放り投げる——真似《まね》をした。

◇　　　◇

「あ」

何かが団長の手を離れるや否や、猛然と走り出す仔獣たち。何事かと慌てたが、

「後を追いますよ。あの子たちは耳飾りが元あった場所に戻されたと思ってますから、ついて行けばどこから持って来たのかわかるでしょう」

予想通りの二匹の行動に、団長は満足そうだ。

「さあ、置いて行かれないようについて行きましょう。ただし、声を掛けてはいけません。私たちが後からついて来ているのだと意識させてしまっては、注意が逸《そ》れてしまうかもしれません」

「わかりました」

「隠密で行動ですね。なんだかわくわくします」

佐保様はとても楽しそうだ。

部屋の中に戻った仔獣は、部屋を素通りして廊下に出て真っすぐに進んで行く。

所々に壺《つぼ》や花瓶が置かれている以外には何もない廊下なので、小さな仔獣を見失うことはない。実際には、走る仔獣の後をゆっくりとついて歩いているのだが、仔獣たちは気づいているのかいないのか、どちらだろう。

いつもなら佐保様にべったりくっつくところなのに、前だけを見ているのは、気づいていない可能性の方が高い。にょろにょろと体全部を使ってそれはもう一生懸命に本宮の廊下を「走る」。本人らにとってはそれが全速力なのだろうが、後ろを歩く私たちと同程度。陛下のように大きな方なら一歩で追い越せる速さしかない。この可愛さ！

二匹は先へ先へと急ぐ。

「羽がふわふわ揺れてますね」

「浮く練習を兼ねているんですよ。体が徐々に重くなれば、少しでも浮かせた方が楽ですからね」

「いつくらいになったら飛べるようになるんですか？　図鑑を調べても成獣になったらとしか書かれてなくて」

「成獣の定義が曖昧ですからね、生まれて何年後と目安があればいいんでしょうが。殿下はイオニスで獣使いにお会いになったのですよね。彼らなら大体のところがわかるのでは？」

「やっぱりそれしかないですよねえ。連絡先はイオニスの領主様が聞いてくださってたから、手紙を出してみます」

佐保様と団長は、暢気に獣の成長について話をしている。

今はちょろちょろして愛らしい仔獣たちも、いずれは大きく成長するのだろうと思うと、なんだかしんみりしてしまう。

手のひらに乗る小さい間に思う存分愛《め》でるとしよう。

◇　　◇

仔獣たちはどんどん進んで行く。

「こんなに行動範囲が広がってたんだね」

そういう佐保様は嬉《うれ》しそうでもあり感慨深げでもある。

私もびっくりだ。まだまだ赤ん坊だと思っていたが、子供は日々成長していくものらしい。問題はどこに向かっているのかだ。一体どこまで行くのだろうか。

結構な距離を歩いたはずだが、まだ二匹が止まる気配はない。さすがに途中で息切れしたのか、片方が止まればもう片方も止まるというように、休憩を挟みながらの移動だ。

毎回思うのだが、本当に二匹は仲がいい。たまに甘藍《キャベツ》の葉っぱの最後の一枚を取り合いになって、軽く喧嘩《けんか》らしきものはしているが、後を引くこともなければ、怪我《けが》をするほど激しいこともない。

「おそらく、多産のラジャクーンの性質が関係していると思います」

団長の弁によれば、元々幻獣は若いうちは家族を一つの単位として暮らし、成獣になって独立してまた新しい家族を作る種族が多いらしい。

「幻獣の種別は多種多様なので、これだというものはありませんが、ラジャクーンは元が比較的大人しい性質で割合に長い間家族で行動するのが基本になっているからでしょうね。いちいち喧嘩をしていれば、ものすごいことになってしまいます」

「わかります。十匹もいたら喧嘩しない日がなくなっちゃいますもんね。それに、この子たちは卵から生まれる前からずっと一緒だったから」

一つの卵から生まれた二匹。

何か特別なものがあるのだろうかと当初は思われていたが、今のところはそれらしき片鱗《へんりん》は見られない。大きさも、兄弟たちよりも多少小さかったくらいで、元気そのもの。

「元気に暮らして、楽しいなって思っててくれたらそれだけでいいです」

控え目な佐保様の希望は、もうとっくに叶《かな》えられているはずだ。見ているだけで気づく、仔獣たちの佐保様への信頼。甘えて、時々我儘《わがまま》を言うのは、何があっても自分たちを裏切らない守ってくれる人だと、本能で察しているからだろう。

神花といい、幻獣といい、本当に不思議だ。

佐保様本人が一番不思議に思っているのだろうが、これぱかりは月神の意思の顕《あらわ》れとしか説明できない。

サークィン皇国は本当に得難い皇妃を得た。陛下にとっても最良で、国にとっても宝なのは間違いない。

「よく歩くねえ」

「歩きますねえ。終着点はどこでしょうかね」

◇　◇

修繕というよりは建て替えに近い大改修を行った本宮は、そこここから新しい木材や石などの匂いがする。あまり出歩かない佐保様は初めて通る場所に目を輝かせていた。

その仔獣たちは回廊の途中で庭側に下りた。

「あれ？　え？　そっちに行くの？」

それまで順調に建物の中を歩いていた仔獣たちは、後宮側に繋《つな》がる回廊の途中で道を外れてしまった。

あまりにも自然にポトリと段差から下りたものだから、最初は間違って落ちてしまったと思われた。しかし、振り返ることなく石畳の上を進む様子から、これが正しい進路だと知る。

「なんていうのかな、本当に思いがけないことをしてくれますね、この子たち」

「行動力があって結構。こういう積極性は好きですよ」

仔獣を追って、三人ともひょいと回廊から外へ下りた。仔獣にとっては階段一段分の段差でも、人には気になる障害ではない。回廊に沿って舗装された石畳は、このまま真っすぐ道なりに歩いて行けば後宮へと至る。

「後宮に続いているんですか？　でも僕、通ったことないですよ」

「佐保様が使っていたのは本当に直通の道で、一番本宮に近いところに出る道だったんですよ」

「後宮のどの宮に出るかによって、繋がってる道が異なるんです。あちらの宮はこの道、あそこの宮に行くには左側の道というように」

どれもこれも昔たくさんの愛妾《あいしょう》を抱えていた名残りである。後宮に大勢住まう寵姫《ちょうき》や愛妾が顔を合わせでもすれば、どんな修羅場が演じられるかわかったものではない。寵姫たちは皇帝の訪れを通路の際まで出迎え、送り出すこともあったというから、後宮に通じる道が一本しかなければ、本当に大惨事になっていただろう。

「じゃあ、陛下は他の道を通ってサラエの宮以外にも行こうと思えば行けたってことですか？」

団長と私は顔を見合わせた。

陛下が後宮に通われていなかったのは城の中では周知のこと。唯一通われていたのが当時佐保様が住んでいたサラエの宮だ。しかし、佐保様はもしかしたらと思ってしまった。

これは……嫉妬だろうか。

団長はにこやかに言った。

「殿下、それは陛下にお尋ねください。後宮に通じる道は確かに幾つもありました。でも、今回の後宮開放で陛下が通ったのは、サラエの宮へ続く道一本だけだったと私は胸を張って証言しますよ」

◇　◇

石畳の上をにょろにょろと這《は》い進んでいた仔獣は、次にはその石畳さえも外れてとうとう地面の上を直に進み始めた。

「お、これはなかなか難易度の高い……」

何もない芝生や土の上ならまだよかったが、そのうちに植え込みが障害となって私たちの前に立ちはだかった。

小さくて細い仔獣たちは、頭上も横幅も気にせず進めるが、体の大きな人間ではそうもいかない。仔獣は小さな体を存分に使って灌木《かんぼく》の隙間を進む。これは……ちょっと追跡が困難だ。仔獣にとっては道でも私たちには障害物。庭師が整備しているこのみっちりさが今日ばかりは恨めしい。枝の隙間を潜り、時に膝をついて見失わないよう後を追う佐保様の顔は生き生きと輝いて楽しそうではあるのだが。

一番小柄な佐保様は、通り抜けられそうな隙間があれば腹這いになって後をついて行くが、私や剣を下げた団長は立ち往生、迂回《うかい》しなければならなくなる。

仔獣たちが真っすぐに進むだけで、実際にはちゃんと石畳の道があり、

「こっち！」

佐保様を目印に、私たちが合流することを何度か繰り返さなければならなかった。

そのうち、植え込みのある庭園をも通り抜け、林の中に入って行く。ここまで来れば気にするのは頭上の枝だけなので、楽である。

「それにしてもどこまで進むんでしょうね。もう随分歩いた気がするけど」

実際にはまだ本宮が後ろに見えるためそこまで距離は離れていないのだが、気分的には大冒険をしている感じだ。

「こんなところまで足を延ばしていたなんて、全然知らなかった。びっくりです」

佐保様の衣装の肘や膝の部分は土汚れが付着し、髪も若干みすぼらしくなっているが、笑う顔は明るく、この小さな冒険を楽しんでいるのがよくわかる。

大人しく本を読んだり、裁縫をしたりしている姿を見ている時が多いせいか、こんなにも行動的だったのかと驚くと同時に、日頃とは違う少年としての側面を知ることが出来て嬉しく思う。

団長の長い栗毛にも葉や枝が絡みつき、私服に加え、普段とは違う姿が新鮮だ。

その団長が小枝を払いながら、前方を指さした。

「ようやく到着したようですね」

金色と緑色が古い大木の切り株の根元に潜ろうとしているところだった。

……中に入って先に進むなんてことはないと信じたい。

◇　◇

大人の腕で二回りはあるだろう年季のある切り株の根元は、小さな洞《ほら》が出来ていて仔獣たちの尾の先が見えている。

「私が覗いてみます」

仔獣が無事なので何もないとは思いたいが、蜘蛛《くも》の巣があったら大変だ。真っ先に切り株に駆け寄った佐保様が頭を突っ込む前に、慌てて申し出た。少し不服そうな佐保様だが、侍従としての務めを優先させてもらう。

仔獣たちは私たちがいることに気づいているようだが、それよりも宝物を探すのに夢中だ。

そして、二匹が掘るままに任せてそう経たないうちに、土の中から古い箱が半分姿を見せた。長い年月を経たせいか蓋が半分開かれた状態で、内側には少し土が入り込んでいる。

「宝石箱、ですね」

元は磨き上げられていたはずの銀の箱は、くすんで黒く変色していた。箱の蓋を留めていた蝶番《ちょうつがい》が腐食して壊れてしまったせいで、開いてしまったのだろう。

それからまだ日は経っていないようで、中に敷かれた深紅の天鵞絨《ビロード》はそこまで傷んでいる様子はない。

「宝石がたくさん入っています。耳飾りに指輪、首飾り……どなたかの持ち物だったようですね」

顔を上げて報告すれば、佐保様は自分も見たそうにそわそわしだした。

「少々お待ちください。先にあの子たちを満足させてやらなくては。騙《だま》して連れて来て貰ったのですからね」

仔獣たちは、絶対にここに耳飾りが戻って来ているはずだと信じて、箱の中に顔を突っ込み、鼻先で他の飾りを退《ど》けながら赤い宝石を探している。

「殿下、少し協力を」

何をするのかと首を傾げた佐保様は、団長に耳打ちされて笑顔で頷《うなず》いた。

「あ！」

佐保様が大きな声を上げた。真横で叫ばれた仔獣たちは、驚いて顔を上げ、振り返った。

その隙に団長が神業的な速さでもって仔獣お気に入りの耳飾りを宝石箱の中に戻す。見事な連携である。二匹が単純だとも言うことが出来るが。

「ごめんね、驚かせちゃって。こんなにたくさんあるからびっくりしたんだよ。ほら、お前たちが探しているのはあれじゃない？」

指さした場所に赤い宝石つきの耳飾りを見つけた二匹は、尻尾をぴんと立てて飛びついた。うん、実に単純だ。

◇　◇

半分埋まっていた宝石箱は丁寧に掘り出された。

仔獣たちは他の宝石には興味がないようで、今は切り株に座る佐保様の膝の上で、耳飾りに巻き付いてご満悦だ。

「かなり古いものじゃないかと思います」

残念ながら箱の中身は宝石ばかりで、文《ふみ》など持ち主がわかるようなものは何も入っていなかった。

念のためにと団長が箱をひっくり返し、煤《すす》けた部分を袖で擦《こす》ると、わずかに浮き出た文字がある。

「名前ですね。イグナースト、でしょうか」

「イグナースト？」

聞き覚えのある名だ。

「知ってるんですか、ミオさん」

「はい。少々お待ちください。イグナースト、イグナースト……イレナバトは四代前の宝石職人だから違う、宝石、銀の箱、銀細工……思い出しました！　六代前の御代《みよ》で重用されていた細工職人です。銀細工をさせれば右に出るものはいないと言われていた当代一の職人で、多くの作品を生み出したと言われています」

一つ思い出せば次から次へと連鎖して思い出す。そう、後宮の女性たちからも贔屓《ひいき》にされ、一代でかなりの財をなした男だ。

「凄い、ミオさん。よくそんな昔の人の名前、憶《おぼ》えていますね。名前を聞いただけですらすら出てくるなんて凄いです」

佐保様は感心してくださるが、ただの職人であればここまで記憶していることはない。イグナーストには他にも逸話があるからだ。後宮に纏《まつ》わる陰湿な話が。

富と名誉を得た職人の晩年は、後宮の寵愛を巡る争いに巻き込まれ波乱に満ちていたという。誰の銀細工が一番なのか、誰が一番高価なものを作って貰えるのか。皇帝の寵愛を得るために着飾ろうとする女たち。自分をよく見せるために全身を飾りで包み込む時、最も求められたのが彼の銀細工だった。

誰某《だれそれ》よりも立派なものを。あの人には負けたくない。

無理難題を突き付けられた職人は、数多くの銀飾りを作った後、もう無理だ銀は見たくない、そう言って道具をすべて壊し王都を去ったという。残された彼の作品は、その後高騰し続け、誰も買うことが出来なくなり今に至る——。

「この銀の箱もそうやって後宮の争いに巻き込まれ、取り残されてしまったのかもしれません」

埋めて隠されていたのは陰湿な女の争いが勃発したからだろうか。やはり後宮は怖いところだと再認識する。今代《こんだい》の陛下と佐保様のようにお互いだけを思いやる穏やかな関係は、後宮の長い歴史の中でも稀有《けう》な方だと再認識した次第である。

◇　◇

掘り出した箱は、一応皇国の所有物になる。そのため、一度本宮へ持ち帰ることになり、私が運ぶ手はずになった。

佐保様と団長は後から仔獣たちと一緒に戻って来る予定だ。

まだ幼い二匹にとっては、宝石箱があった切り株まで行くのも一苦労だったはずだ。その二匹がどうやって本宮まで耳飾りを運んで来たのか、佐保様が興味を持ってしまったからだ。

「だって行く時には回廊を落ちたりしたでしょう？　まさか耳飾りを咥《くわ》えて上がれるはずはないし、行く時と帰る時じゃ道が違うんじゃないかって思うんです」

確かに、大きくはないが小さくもない耳飾りだ。耳飾りだけで考えれば、大きな部類に入る。それだから派手だと皆が口を揃えて言ったのだ。

「この子たちと一緒に歩いて戻ります」

「では私は殿下の護衛を」

非番だというのに団長は付き合いがいい。しかし、団長がいてくれて助かった。私にはすることがあるからだ。

「では先に戻っていろいろ準備しておきます」

「準備って？」

きょとんとする佐保様と同じ方向に首を傾げるリンデンとグラス。なんだ、この可愛らしい仕草は。副団長が見れば笑いながら悶《もだ》え、陛下が見れば無言で佐保様を攫《さら》って行きそうな気がする。

「まずは濡《ぬ》れた手拭い。それからお着替えも用意しませんと。その恰好《かっこう》のままでいれば、キクロス様からお叱《しか》りの声が飛んで来ますよ」

「あ。あー……そうだね。ちょっと汚れすぎちゃいましたね」

自分の姿を見下ろして佐保様は、肩を竦《すく》めた。

「それからお茶とお菓子の用意をしてお待ちしています」

「よろしくお願いします」

ぺこりと頭を下げた佐保様は仔獣を地面に下ろした。

「さあ、お部屋に帰ろうか。帰ったらきれいに拭ってあげるから、それまで頑張ろう」

二匹は鼻先で耳飾りを押すようにして動き出した。鼻先でよいしょよいしょと転がしながら這う姿はもう……！

佐保様じゃないが頬が緩んで仕方がない。

赤い宝石つきの耳飾りを運ぶ仔獣に付き添い、ゆっくり佐保様と団長が後に続く。

この歩みの遅さでは、部屋に帰り着くまでかなりの時間が掛かりそうだ。お茶の温《ぬる》さ加減をどうすべきか、考え所である。

◇　◇

佐保様には寝室で着替えていただき、団長には熱く絞った練絹《ねりぎぬ》を渡して顔と手足を拭って貰った。

その間、私は盥《たらい》の中で仔獣を洗う。さすがに往復の移動は疲れたのか、日頃ははしゃぎ回って周りまで水浸しにするのに、静かに洗われてくれた。おかげで隅々まで汚れを取ることが出来た。いつもこれなら楽なのに……。

「ありがとうミオさん。よかったねえ、きれいにして貰って」

ちょうど水気を取ったところなので、椅子に座った佐保様は両手で仔獣を掬って卓に乗せた。もちろん宝石も一緒に。

鮮やかな緑と金、それに赤。とても華やかな光景だ。仔獣はそのまま佐保様の手のひらの上から卓の上に移動した。

ついでに乾いた布で軽く磨き上げた耳飾りも、まるで新しく生まれ変わったように光っている。専門の職人へ渡せば、きっともっと美しく磨き上げてくれるだろう。

「この宝石箱と宝石はどうなるんですか？」

箱の中から出て来た飾り類は全部で三十ほどあった。後宮にいた高貴な女性が持つにしては少ないが、自ら隠したにしろ、嫌がらせ目的で隠されたにしろ、何らかのいわくがあるものだけを数点まとめて箱の中に入れた印象が強い。

こればかりは当事者が既にこの世の人間ではないだろうから、日記などを書き残していない限り、真相はわからないままだろう。

目下のところ、持ち主のいないこの宝石をどうするかが問題だった。

「皇国のものはすべて陛下のもの。そう考えれば、この宝石箱の持ち主は陛下ということになります。見つかったのが本宮の敷地内なので、侍従長に相談するにしても、最終的には陛下の判断次第でしょうね」

団長の説明に私も頷く。

「価値のあるものなら、宝物庫に保管されるでしょう。特に必要とされなければ、競りに出されることもありますよ」

「競り？　陛下が競りに出すんですか？」

「いいえ、代理が出すんですよ、殿下」

王城で不要になったものを下げ渡す時に利用されるものの一つが王城主催の競りだった。法的にも問題ない明るい資産運用が売り物で、年に一度の競り日には国外からも買い手がやって来るほどの盛況ぶりを見せている。

「大抵は宰相の名で出されます。もし売りに出されたくないものがあれば、今のうちにレギにお願いするのが最善です」

佐保様は仔獣たちと耳飾りをじっと見つめた。

◇　◇

翌日になって、毒も仕掛けもない宝石箱は中身ともども一度王城へ運ばれることになった。そこで内政官長や宰相がどうするかを決めるらしい。これは、昨日帰宅した陛下とキクロス様が相談して決めたことである。奥宮《おくみや》にはまだまだ同じように何かが埋もれているかもしれないから、そのうち探すことになりそうだ。後宮には絶対あると思う。

当然ながら二匹が気に入っていた耳飾りも一緒に運ばれることになり、せっかく取り戻した宝石がまた取り上げられて、かなりがっかりしていた。

佐保様が与えた薄紅色の水晶だけでは鳴き止《や》まず、仕方なく手持ちの宝玉の中から気に入りそうなものを見繕って与えて、何とか機嫌を直して貰った。

この辺、私も佐保様も陛下も、二匹に甘いと思う。言うなれば、赤ん坊の玩具《おもちゃ》に宝石を与えるようなもので、

「いけないとは思うんだけど、どうしても絆《ほだ》されちゃって……」

佐保様が一番自己嫌悪に陥っていた。

「お前が与えたのではない。私があの子たちに与えたのだ。気にするな」

陛下は慰めてくれるが、佐保様の中では贅沢《ぜいたく》なことをしているとしか感じられないようで、表情は晴れない。

そんな佐保様を浮上させたのは、宝石箱を引き取りに来た宰相だった。

「陛下の言う通り、殿下が気にすることはありません。気難しい幻獣は宝玉しか食べないものもいると聞きます。暑い地方に住みながら、涼しい場所しか好まない幻獣のために水風呂を掘った国もあります。幻獣は国の護《まも》り手、その護り手のために宝石の一つや二つ、気にすることはございませんとも。逆に、幻獣に与える宝石を出し渋ったと後ろ指をさされる方が不本意です」

実に宰相らしい説得だったが、気にしすぎている佐保様にはこれくらいでちょうどよかったようだ。

「必要経費ってことですか？」

「育児には費用が掛かるものです」

独身の宰相が生真面目に答えるものだから、皆の顔に何とも言えない笑いが浮かぶ。いや、確かに宰相の言う通りなのだ。だが副団長、露骨に笑いすぎている。後から宰相の仕事増量という報復を受けなければよいのだが。

宝石箱を抱えて私も王城へお供した。その時に、外政官長とすれ違い、咄嗟《とっさ》に引き留めてしまった。

「あの、なぜ団長に尋ねてみろと仰《おつしや》ったんですか？」

◇　◇

何を尋ねられたのか最初はわからなかった外政官長は、

「ああ、例の宝石のことか。それなら誰に聞くよりも彼に訊くのが一番早く正しい答えに辿《たど》り着くからね。もしも本人が知らなくても、どうすればいいかを考えてくれる」

ちゃんとうまく行っただろう？

そう言って片目を瞑《つむ》った外政官長に、何ともいえない脱力感を覚えた。つまりは何の根拠もない丸投げ？

確かに団長がいたから宝石の謎を解くことが出来た。これは間違いない。しかし、今一つ釈然としないのは、結局のところ団長にすべてを押し付けた外政官長の調子のよさだ。きっと厄介事に関わりたくないと思っていたからに違いない。

他国の外交官と弁舌で戦う外政官の頂上にいる人物が、ただの優男で美中年なわけがないのだ。

王城では典礼官長に古い王城の地図を見せて貰った。

「ああ、あの近辺は後宮だったんですね」

切り株のあった周囲は今は奥宮の端という位置づけだが、六代前の頃にはまだ後宮の区画だったらしい。あの場所は、やはり女たちの因縁と怨念が渦巻く場所だったのだ。

興味はあるがやっぱり近づくのは止《よ》そう。二匹にも行かないようにしっかり言い聞かせておかねば。

宝石の出処も判明し、後は見つけたものをどうするかの判断を委ねて、結果を待つだけだ。

赤い宝石のついた耳飾りは私の手元から離れ、謎は解決し、一つの仕事をやり遂げた達成感が体の中に溢れている。

今日は美味《おい》しいものを食べて、ゆっくりと湯に浸《つ》かり、疲れた体を癒《いや》そう。

そんなうきうきした気分で王城から本宮へ戻った私を部屋で待っていたのは、深刻な顔をした木乃さんだった。一体何事？

「ミオ殿、侍従長がお呼びだ。城から戻り次第、すぐに侍従長の部屋に行くよう伝言を預かっている」

「キクロス様が？　一体なんでしょうか？」

「表情はいつもと変わらないようだったが……」
「わかりました。すぐに伺います。あ、佐保様のことは」
「法務官長と乗馬の訓練に出かけた。副団長が供についている」

◇　◇

叱られた。たっぷりきっちり叱られた。ふらふらと出歩いてそれでも筆頭侍従なのか、自覚を持って行動なさいとキクロス様にこってり絞られた。

宝石の謎を求めて王宮内を彷徨《さまよ》っている間、木乃さんが気を回して予定の調整や采配などしてくれていたらしい。甘えていた自分を猛省だ。

「自分の役目をしっかりと自覚しなさい」

……私は今、キクロス様の前に立ち、項垂《うなだ》れているところだ。

「ミオ、私はお前なら十分お仕え出来ると感じたから、佐保様の筆頭侍従として任命しました。しかし、この数日、お前は侍従としての役目を全うしたと言えますか？　事情は佐保様からもお聞きしています。お前が悪いだけではないのだと、佐保様は仰ってくださいました。しかしミオ、お前の役目は探し物をすることではなく、佐保様の身の回りの世話全般です。手伝いをするのは構いません。ですが、優先順位が何であるのかを履き違えるのは言語道断。それに」

キクロス様の視線が痛い……。

「役目だという仕事意識よりも、お前自身が楽しむことを優先しませんでしたか？」

――した。確かに途中から面白《おもしろ》くなってしまった。

何が起こるのか、次はどうすればいいのかを考えるのが楽しくなってしまった。

「申し訳ありませんでした」

私は素直に頭を下げた。

佐保様が許容してくれても、まずは佐保様の生活を整えてからすべきことだったのだ。それなのに、食事が終わると早々に出かけ、半日を本宮の外で過ごし、その間のお世話は何も出来ていないという状態。

宝石の謎は別に急ぎではないのだから、それこそ空いた時間にするのでもよかったのだ。その分、見つかるまでには時間が掛かっただろうが、日々の生活維持も侍従の大切な仕事。寧《むし》ろ、侍従の仕事はそこに一番の比重が傾けられるべきなのだ。

「木乃さんにもお詫《わ》びします」

「そうしなさい。まったく――お前が小さな頃から何年も見て来ましたが、ここまで浮かれたことはなかったと記憶しています。それだけ遣《や》り甲斐《がい》があるのでしょうが、そろそろ大人になりなさい。いつまでも子供のままではいられませんよ」

キクロス様にとっては陛下も子供なのだ。私など幼児に見えても仕方がない。

キクロス様は溜息を一つついて、尋ねた。

「ミオ、仕事は楽しいですか？」

「もちろんです！　胸を張って言えます」

今日の展示会

緑鮮やかな田園、畑で働く人、小石を蹴って遊ぶ子供たち、ツヴァイクの勇壮な姿、雪に覆われた山。目の前に広がる様々な光景に、佐保《さほ》様と私は「ほうっ……」と感嘆の声を上げながら見入ってしまった。

特に佐保様は、食い入るように見つめている。時々口が動くのは、無意識に考えていることが出ているからだ。指摘せず黙っているのが出来た侍従というものである。

◇　◇　◇

城下の商業施設で開催されている刺繍《ししゅう》展に佐保様と私は来ていた。来賓扱いではなく、一般参加者としてこっそり来場しているが、身分の高い家の子息が物見遊山で中を覗《のぞ》きに来たと思われているかもしれない。

何しろ護衛は基本的に騎士だ。威圧しない容貌で、且《か》つ荒事にも対応できる騎士を選んではいるが、私服とは言っても軍人が発する特有の雰囲気が消えたわけではない。周囲に対する警戒心は常に維持しておく必要があり、どことなく緊張感のようなものは出てしまうのだ。

気づく人は気づくだろうし、少し距離を置いて警護している騎士たちの視線を追って私たちを見て納得顔をしている人の姿を何度か見掛けた。

サークィン皇国皇妃だとわかる者はまずいないだろう。王都で開かれる展覧会に出席する身分の高い方々はそれなりにいるが、開催場所がもっと立派で「身分の高い人向け」に作られた会場での話だ。それは劇場などが並ぶ界隈《かいわい》に近い場所にあり、主に絵画展や彫刻展、或《あ》るいは音楽会など静かに鑑賞する芸術目的となる。

対して、商業施設の公堂は広く、商業目的でなければ無料のため、一般人にとって使いやすいという利点がある。会議用の部屋や小規模展示会用の小部屋なども多い複合的な施設でもある。

今回も刺繍展が行われているのとは別の会場では工芸展などもあり、多くの王都民が訪れていた。

ただその中に、皇妃サホ様の顔を知る人がいる可能性は少ない。古着再生事業の関係で直接見知っている職人たちや、城内で働いている人――それも本宮《ほんぐう》関係以外では、あまり知られていないのが皇妃の顔だ。

似せ絵は多く出回っているものの、精度は乏しく、中にはまるっきり女性として描かれているものさえあり、佐保様を苦笑させたものだ。

「黒髪を強調しているだけのような気もするね」

確かに、黒髪も黒い瞳も珍しくはないものの多いわけではない。サークィン皇妃という人物の身体的特徴として真っ先に挙げられるのが黒髪という点故だろう。ちなみに次点は小柄な体となっている。

佐保様は、

「確かに小柄だけど！　子供と間違われたりするけど！　こっちの人が大きいだけなんだけどなあ」

唇を尖《とが》らせていた。その唇を陛下が笑いながら摘《つま》んでいたのは、まあ出来る侍従として見なかったことにした。頭の中にはしっかり刻み込みましたけどね！

お節介というべきか、好奇心というべきか、小柄という点で佐保様がいた世界ではどうなのかと、同じ稀人《まれびと》のトーダに副団長が尋ねてみたことがある。その際のトーダの微妙な表情にはさすがに察するものがあり、この出来事は私も副団長も佐保様に内緒にしておこうと誓い合った。

いいのです。陛下の腕の中にすっぽり収まる佐保様はとても素敵で二人はお似合いなのですから。

と、話が逸《そ》れてしまった。

つまり、皇妃殿下が来ていることはまずわからないのだ。正直、もっと佐保様は周知されてもいいとは思うのだが、佐保様自身、それに陛下も意図的に隠さないまでも、積極的に顔を出すのは好ましくないと考えている。

少しずつ公務の数も増えて来たが、劇的に変わることはないと思われる。歴代の中には妃殿下の方が有能で主導権を握っていた時代もあったが、今代《こんだい》は陛下はじめ有能な方が揃《そろ》っている。国政も内外共に不安がなく、臣民の心も陛下に向いている。

度々《たびたび》言われているが、佐保様の一番大切な仕事であり役目は、陛下を労《いたわ》り、心の安寧を齎《もたら》すことだ。顔が知られてしまえば今のように自由に外に出ることも出来なくなり、行動にも制限が掛かってしまう。

流れとして佐保様の笑顔が失われるようなことになれば……。

本当に微妙なところだと思う。佐保様のよさを全皇国民に知って貰《もら》いたい気持ちは大きいが、さりとて露出が多くなると弊害も出てくる。そう考えると今の状態はいいところなのだろう。

鮮やかな刺繍で描かれた風景画を見て、「わあ」と感嘆の声を上げたり、頰《ほお》を染めて興奮したりしている姿を見ることが出来るのは。

「気に入ったのがあれば購入も出来るそうですよ」

各展示場に於《お》いても、出品された商品に値をつけて製作者と交渉することも、販売用に搬入された品を購入することも出来る。それ以外にも、展示会場となっている商業施設の一室には、各種製品を販売する場も設けられており、買い物目的で訪れる民も多い。

「そうなんだ。それなら後で見てみようかな」

賑《にぎ》わっている場所を見て佐保様が明るく言う。それがとても佐保様らしい。

身分の高い方は地位を前面に押し出して割り込みをすることもあるのだ。陛下の治世において、品のない行動をするものは減ったものの、なくなったわけではない。特権を笠《かさ》に着て権力を振りかざすものは一定数いるのだ。

まあ、ここは庶民の集う場所なので、庶民と距離を置きたがっている彼ら自身が来ることはまずないのだが。

「こんなに立派で素晴らしい作品があるのに勿体《もったい》ない……」

「え？」

独り言が聞こえてしまったらしく、佐保様が首を傾《かし》げた。

「あ、いえ。素晴らしい作品が多いな、と。それを直《じか》に見ることが出来ない方たちは惜しいことをしているると思いまして」

「あー……なるほど。それは僕も何となくわかります。人伝《ひとづて》でしか知らないのと、本物を見るのとでは違いますもんね」

佐保様の言う通りだ。自分たちの方から素晴らしいものを最初から否定している彼らは、値段＝価値、名声＝価値でしかないのだろう。

今回、専門にしている革製品部門に出品せず小物販売の方に作品を出している革職人のタニヤなど、私たちでさえ偶然の出会いがなければ知ることはなかった。騎士団長のように以前から存在と腕前に気づいていた人も中にはいるが、それも少数だろう。

それこそタニヤを敵視して襲った挙句に身を落としてしまった靴職人サリエリのように。私は思ったのだが、サリエリは芸術性という点では優れた才能を持っていたのだろう。ただ実用性に乏しかったというだけで。もしもサリエリが「履くための靴」ではなく「鑑賞するための靴」を作ることで満足していたら、重い罪を犯すことはなかったのではないかと。

実際に、サリエリの工房は一旦閉鎖された後、名を変えて、他の職人たちが先頭に立ち、縮小されて靴工房として再生を図っている。サリエリの意匠を元に、履きやすい靴を目指して。

実用性だけで終わるのか、芸術性のみ追及するのか、両方を兼ね備えようと志すのか。職人それぞれだ。

佐保様が感嘆していた風景を纏《まつ》った刺繍は、二十名以上が食事できるほど大きな長卓用の敷き布だ。それ一面に淡い色を使ってサークィン皇国の農村風景が描かれているのだが、相当時間が掛かっただろう。

こんなに大きな一枚布を広げる場所があることが前提になる。それでも、ここまでのものを完成させようとする根性が凄《すご》い。

「佐保様も挑戦なさってはいかがですか？」

広さという点で佐保様以上に広い部屋を使うことが出来るものはいない。上手下手はともかく、興味津々の目で眺めていたため提案すると、佐保様は「ううん」と首を横に振った。

「僕にはまだまだ無理です。小さな模様で精いっぱいだし。それにこんな大きな景色を図案にする能力がないし」

それに、と佐保様が穏やかに微笑《ほほえ》みながら続けた。

「見ているだけで十分です」

と。

◇　◇

薄く細い糸を使った模様編み、様々な布を継ぎ合わせて作った寝台用の掛け布、綿がたっぷり詰まった枕、夏の夜や秋に役立つ薄手の上着には葉や花、鳥などの模様が編み込まれ、冬にすぐに使えそうな簡素な手袋など、多くのものが刺繡展に並んでいた。動物の木工製品、革の筆入れなど、種類も豊富だ。

刺繡展の会場を出た私たちは、小物が販売されている部屋で土産《みやげ》を見繕っていた。

手製の作品の発表会だけあり、入賞した作品以外に目玉が飛び出るほど高額の商品はないが、日用品やちょっとした飾りになりそうな品が多く、逆に気兼ねなく土産として渡すことが出来そうなものが多かった。

あくまでも個人の作品なので、大きさが揃っていなかったり、形が歪《いびつ》だったりが多いのもまた、愛《あい》嬌《きょう》だろう。

手に取るのが自由なのも嬉《うれ》しい。展示品は流石《さすが》に触ることは出来なかったが、ここでは自由に手触りや感触を確かめることが出来る。

一面刺繡の手拭いの柔らかさは妥当かとか、鳥の形をした木彫りの筆記具の重さは大丈夫かとか、実際に触れなければわからないのが日用品だ。

陛下や佐保様が日常生活で使用している小物や家具なども、キクロス様や侍従全員で確認をして候補の中から選ぶことが多い。絶対的信頼が置ける品もあるが、それでもしっかりと検分は行う。度が過ぎると窮屈さを感じることもあるため、ほどほどではあるが、そのせいで侍従だけでなく、他の使用人たちも目利きに優れた者が多かった。

最初から専任侍従には賢いものを採用しているのも理由になるが、やはり日々様々な品に触れていると自然に五感が肥えてくるようになるものだ。

専門家には劣るが、多くのことに精通すること。

陛下たちのお側《そば》に仕えるために求められるのは、そういうものなのだと思う。

私が城内で開催される市《いち》にかなりの頻度で出向くのも、識別眼を養うという理由もあるのだ。決して、決して趣味ではないので、念を押しておく。

今日訪れている会場で割り当てられているのはさほど広い部屋ではないが、扱っているものの多くは小さいため販売場所としては狭くはない。ただ、買い物客の多さは予想以上で、小柄な佐保様など展示されている商品を見るためにかなり頑張《がんば》らなければならなかった。

「大丈夫ですか？」

体格の立派な女性二人の間に挟まれていた佐保様は、彼女たちとの商品獲得競争に何度も敗北しながらも、目当ての透かし模様編みの鍋敷きを買うことが出来てホッとしていた。

「お疲れさまでした」

「本当に疲れました……。バーゲンセールってあんな感じなんだろうなあ」

聞き慣れない「ばあげんせえる」という言葉は、佐保様の国で市場や店の大安売りで使われる言葉らしい。

値引きをして販売しているわけではないが、大勢の人が押し掛けて買い求める点では同じなので、やはり「ばあげんせえる」という表現は正しいだろう。

「後ろの方の髪が少し乱れていますね」

失礼と声を掛けて、持ち歩いている櫛《くし》で梳《す》き直す。侍従たるもの、主《あるじ》の外出時にもいろいろと持ち歩いているのだ。

「ありがとうミオさん。飾りをつけてたり、帽子を被《かぶ》ってたりしていないでよかったです」

そう言いながら佐保様は左耳――正確には左耳に嵌《は》められている耳飾りに触れた。

「月神《つきがみ》の慈愛」と呼ばれるそれは、サークィン皇国で皇帝とその伴侶にのみ継承される飾りだ。一対の耳飾りを片方ずつ互いに嵌めることで、二人が正当な夫婦だと証明するものでもある。

とは言うものの、二人で耳飾りを分けてつけることは知っていても、「月神の慈愛」という名はそれほど浸透しているわけではない。輝きを放ってはいるものの、鮮やかな色の石でもなく、存在を示すような大きなものが使われているわけでもない。

意匠は質素な部類に入るだろう。淡白さと透明さを併せ持つ石は、日中よりも月光を受ける夜の方が映えるものの、夜の佐保様を見る機会を持つ者は多くはないため、目にする機会はほとんどない。

おまけに佐保様の髪で耳は隠れていて、耳飾りの先が見えるか見えないかでは、それで皇妃だと気づく人の方が稀だ。だから普段は佐保様も気にしていないのだが、引っ掛かったり千切れたりしないかと不安になったのだろう。

「佐保様、大丈夫ですよ。金具も飛び出ていませんし、表面もつるつるで異常もありません。引っ掛かる心配をしていたのですよね？」

「はい。すごい勢いで挟まれちゃったから……」

「壊れる心配はないと思いますが、佐保様が不安なら戻ってから確認いたしましょうか」

「よろしくお願いします」

もう体の一部になっている耳飾りなので、普段はそこまで気にすることはない佐保様が心配するのは、陳列台の前に次から次に押し寄せる人の波と勢いのせいである。

私などは市で慣れてはいるが、おっとり佐保様がこういう場に参加したことは、以前にはないだろう。いや、佐保様の出身地、ナバル村での綿織物の市も混み合ってはいたか。

それよりも、だ。これが一番重要な問題なのだが、この場にいる誰よりも佐保様は小さかった。会場では子供を何人も見掛けるのだが、十歳程度の子でも佐保様ほどはある。背丈は同じでも体つきはがっしりとして逞《たくま》しい。

それこそ、奪い合いの場でも押し負けない体を持って、この場に参戦……もとい参加している子ばかりだ。佐保様が一番小柄という私の感想は間違ってはいないはずだ。

あ、売店の中にいる老婆や老人は別だ。彼らと比べられたら佐保様もお気の毒と思うが、それでも高齢のネーブル裁縫店のメッチェや御夫人のアイリッシュよりも小さいというか……。

「ミオさん？」

佐保様をじっと見つめてつらつら考えていると、佐保様が首を傾げた。

私の不穏な思考を読まれたわけではないのだろうが、焦ってしまう。

「い、いいえ、本当に人が多くなって来たと思いまして」

「混まないようにせっかく朝から来たのにね。もしかしてみんな同じこと考えていたのかな」

「それはあるかもしれませんね。ここまで賑わえば、早く行かなければ目当ての品物が完売してしまうかもしれませんし」

「それはよくわかります。さっき買ったコースター……敷物も欲しい模様のが完売してて十三枚しか買えなかったから……」

がっくりと項垂《うなだ》れる佐保様だが、

「あの、佐保様？　十三枚は少なくないと思いますが？」

私は思い切り首を傾げた。もみくちゃにされながらも必死になって品に手を伸ばしては横取りされる様子は、佐保様には悪いがとても和める光景だった。

（頑張れ佐保様！）

と、心の中で声援を送っていたほどに。

眉を寄せて必死になって手を伸ばし、奪われた時のがっかりとした表情や、そこから続く決意新たに再度挑戦する意気込んだ表情など、ころころと変わる面持ちは珍しく、眼福ものでもある。陛下にお見せ出来ないのがとても残念だ。

そうやって買った敷物が十三枚。体格と気迫に劣る佐保様がよくそれだけ確保できたものだと、逆に感心するほどなのに、佐保様には違うのだろうか？

「これは重ねてあったから、まとめて取っちゃったんです」

「それは……佐保様にしては大胆な方法ですね」

「一枚一枚取る暇なんてなかったんですよ。最初からたくさん重ねて積み上げてあったから、こう、パッと摑《つか》んだら二枚とか三枚一緒にくっついてくるんです。でもそれでも揃わなかった……」

しょんぼりする佐保様は敷物が入った袋の中を見て、もう一度数え直し、

「やっぱり足りなさそうだなあ。他の模様でもいいかなあ」

と呟《つぶや》いた。

十三枚で足りないとは……。

「佐保様はどれくらいの数が欲しかったのですか？」

「二十枚くらい、かな。あ、でも数を揃えたいだけならまだ敷物は余ってるんだけど、欲しかったのはこれを作った人のだから、もうなさそうなんです」

これです、と言って佐保様が見せてくれたのは、手のひらより少し大きめの円形の敷物だった。緻

密に編み込まれた模様は私たちには見慣れたもので、神花《しんか》の蕾《つぼみ》と葉だった。

十二枚の花弁が開いた神花を描いてはいけないというのは、皇国民では一般常識だ。それを描いたものを身に着けたり、意匠として使ってよいのは皇族だけなのだ。

だから敷物の花が蕾なのは当たり前なのだが、

「これは……」

その模様の中にあるものを見つけ、思わず目を寄せて凝視してしまった。

「ね？　それ、可愛《かわい》いでしょう？」

私は深く頷《うなず》いた。

「まさかラジャクーンが隠れているなんて、思いもしませんでした」

そう、葉の陰から顔を出しているのは小さなラジャクーンだった。ラジャクーンらしきもの、というのが正確なところだが、蛇の鱗《うろこ》の代わりに毛を伸ばし、羽をつけたらラジャクーンの完成だ。

佐保様がラジャクーンを飼っているというのは、広報で紹介されたのもありそれなりに有名になってきている。実際にグラスとリンデンを見たことのある人は多くはないものの、簡単な特徴なので姿を想像するのは容易《たやす》いだろう。

巷《ちまた》で出回っている似せ絵などの中には、グラスとリンデンを描いたものもある。佐保様が所有している幻獣図鑑には内容の点では及ばないが、王都の公共図書館の資料にも簡単な紹介と絵も記載されている。

だが、こうして小物にまで意匠として登場してくるとは思わなかった。

「でも佐保様、よく見つけましたね。全体の色も同じですし、よく見ても気づく人は少ないのではないでしょうか？　私も言われて初めてわかりましたし。本当に見つけた佐保様に驚きました」

佐保様は「えへへ」と照れ笑いを浮かべている。仔獣《こけもの》たちに対する愛情を間近で見て知っているだけに、

「愛の力です」

と言われても納得してしまうだろう。

「グラスとリンデンがいるって思ったら、全部欲しくなっちゃって……。陛下と僕の分だけじゃなくて、キクロスさんやミオさん、本宮で働いている皆さんの分も欲しいし」

「騎士団長や副団長の分は必須ですね」

「そうそう。時々、他の官長様たちも来られるから、人数分は欲しいと思ったら欲張ってしまいました」

「お気持ちはよくわかります。一式全部揃えたいと思うのは、人の性質です。私の知人の侍従が勤めているお屋敷の御主人など、とある陶芸家の茶道具一式を揃えるのに数年がかりだったそうです」

というのも、古い時代の茶道具なので各地に分散して持ち出されていたからだ。最後の一客が揃った時には、盛大な宴《うたげ》が開かれたと聞く。それだけに、使用人一同は壊してしまわないように細心の注意が必要で、精神が削られていくとか。

「収集家とは大抵そのようなものですけれどね」

「わかります。古本を集めていて、全部で十五冊あるうちの一冊だけ手に入らないとかなったら苛々《いらいら》するんですよね」

「そうそう。そうなると意地でも集めたくなって」

「お金もどんどん使ってしまって」

「全部揃えてしまったら興味がなくなったとかはよく聞きますね」

二人して、収集家のあれこれを言い合って楽しむ。佐保様とはこういう軽い話題で話が弾むことも多い。

最初の出会いが出会いだったのもあるが、後宮暮らしを経て今に至るまでの間に、ここまでの関係を築けたことを嬉しく思う。皇妃が佐保様で本当によかった。

侍従長や私のような筆頭侍従はともかく、厨房《ちゅうぼう》や洗濯係など末端の使用人の分まで土産を揃えようとする佐保様の気性は、とても好ましく思える。

贔屓《ひいき》にして貰ったり、味方に引き込もうとする手段にしようと考えてのことではなく、逆に感謝の気持ちを伝えるためなのだから、善良というしかない。

いや、通常は佐保様のように考えるのだろう。通常――身分や地位の高い方々の中の一部を除いて。中には嫌な主人もいるので、顔馴染《なじ》みの侍従たちで集まった時には愚痴がたくさん吐き出されるせいで、私の考えが普通とは離れていたようだ。

だからこそ、善良な主を持つ私は逆に佐保様や陛下に感謝したいくらいである。先ほどの敷物を渡す相手の中には私も含まれている。一緒に展示会に来ている私の分までも含めて考えてくれている。とても嬉しくなった私は佐保様の手助けをすべく、言った。

「今度は私が突入してまいります。お任せください！」

ふっ、ここからが私の戦いだ。決して終わりではないですよ。

◇　◇

大量に買い込んだ展覧会の土産。私と佐保様だけでなく、私服の護衛騎士にも持たせなくてはならないほどだったため、帰りは城門まで馬車を使うことになったが、正しい判断だろう。

余談だが、馬車に荷物を積み終わった時、騎士たちがホッと安堵《あんど》したような表情になったのが印象的だった。

ちょっと鍛え方が足りないのではと思ったのは内緒だ。

「――お帰りなさいませ。佐保様」

穏やかに出迎えに出て来たキクロス様は、運び込まれた荷物の多さに眉を動かしたが、すぐにいつもの静かな表情で佐保様から荷物の一つを受け取った。

「ただいま。それからありがとうございます」

佐保様が笑顔で応え、自分に向けられるその笑みに、キクロス様の微笑も深くなる。

「たくさんお買いになったのですね。楽しめましたか?」

「はい、とっても」

並んで歩くお二人を先に部屋へ行かせ、私は荷物を運ぶべく他の侍従に声を掛けた。

城門まで乗り合い馬車で戻り、そこから本宮までは城所有の馬車に乗り換えての移動だ。私服の護衛は一層で騎士団本部へ報告に戻り、交代要員を伴って本宮へ戻って来たわけである。

佐保様が買ったものは両手で抱えられる箱で四つ分。数が多いというより、嵩張《かさば》るものがあるためこの量になっただけなので、無駄遣いや浪費とは違うと述べておく。

無駄遣いはしない佐保様がこんなに買うのは珍しいので、つい私も勧めてしまったせいもあることも、ついでに告白しておこう。

そもそも公共の展覧会で売られている販売用の品は高くはない。安いから混雑するのであって、「値段が高い品」が欲しいのなら、別の区画にある画廊や高級雑貨店へ行けばいいのだ。

茶器の敷物も小さく薄いがそれが五十枚にもなれば嵩は取る。他にも細々としたものを買い込めば、これでも少ない方だと思う。

使用人たちの控室で使う敷布や椅子に置く敷物、ちょっと寒い時に使える肩掛けなどは、折り畳んでも嵩張る。だから、箱そのものは軽いのだ。

袖まくりして準備した同僚が、抱えた瞬間に、

「おや？」

という顔をして私の方を見た時には、申し訳ないが噴き出してしまいそうになった。箱の大きさだけ見れば、確かに、重いものを持ち上げたり抱えたりするには、それなりの覚悟をしておかなくては腰をやられてしまうから、彼の態度は間違ってはいないのだが。

彼の様子を見た他の同僚は、彼の背中を慰めるように叩《たた》いて軽々と他の箱を持ち上げた。

納得いかない表情の彼には後で何か他に差し入れでも渡すとしよう。

使用人部屋にひと箱、侍従部屋にひと箱、それから陛下たちの居室にふた箱が運び込まれた。それ以外の部屋の箱は他の侍従たちが開封して所定の場所に置くだろうから、私は外出着から室内着に着替えてすぐに佐保様の元へ向かった。

佐保様の着替えはキクロス様に任せておけば問題はないが、筆頭侍従としてのろのろとしているわけにはいかない。その辺りもしっかりキクロス様は観察しており、給金の査定に響くくらいならましで、不祥事を起こしたり、怠け心を持って仕えたりすれば、解雇は当たり前なのが本宮なのだ。

実際に、名誉ある本宮勤務になった後で、痴情の縺《もつ》れから退職を余儀なくされたものもいた。これは佐保様が城に入る前の話なのでご存知ない。

恋愛関係になるのは自由だが、節度は弁《わきま》えていなければならない。しかし頭で理解していても感情

がついていかないこともあるようで難しいものだ。

そんな人間関係を把握しつつ、統率しているキクロス様は凄いと思う。

あの領域に到達するまで一体どれだけの年数が掛かることやら……。

いけないいけない。消極的な考えではいけない。常に向上心を持ち続けていなければ。たとえ、登りつく先が遥《はる》か遠くでも、歩き続ける努力を忘れては駄目なのだ。

「失礼します」

少し急ぎ足で部屋へ向かい、キクロス様と交代すると、

「ミオさん、ちょうどよかった」

居間の椅子に座った佐保様に笑顔で手招きされた。

卓《テーブル》の上には冷たい果実飲料が入った杯があり、その下には買って来たばかりの刺繍編みの敷物が敷かれていた。佐保様は「こおすたあ」と仰《おっしゃ》っていた。

「ほら見て。冷たいものが入っている時は、この布製の方がよさそうですよ」

佐保様の指が水滴をつけている杯の外側を、ツ……となぞった。その指の後を追うように、水滴が一緒になって下まで滑り落ちていくが、底に溜《た》まることなく敷物に吸収されていった。

「本当ですね」

実のところ、本宮にも食器の一つとして杯の下に敷くものは使われている。しかし、多くが木や石を加工したもので、水滴が底に溜まって見えるのが少々欠点だった。水を吸収する石もあるのだが、

そちらはあまり見栄えがよくないため、加工方法や意匠については再考が求められている。

熱いものを入れた時には石や木でもいいが、確かに冷えたものの場合は、布製を使うのも一理あるだろう。

「濡《ぬ》れても汚れても洗えば繰り返し使うことが出来るでしょう？　お客様に出すのは止《や》めた方がいいけど、普段僕が使うなら十分じゃないかなと思って」

そういう佐保様の視線は、別の敷物の上に乗って端の方を咥《くわ》えて引っ張っている仔獣たちに向けられている。

私の視線に気づいたのか、佐保様がリンデンの尻尾を指でちょんと突いた。リンデンはぱっと佐保様の方を振り返ったが、すぐにまたがじがじと引っ張る作業に戻ってしまった。

「楽しそうですね、二匹とも」

「新しいものにはすぐ興味持つからね。それで、この敷物だったら二匹が食事する時のお皿っていうか、敷物代わりになるんじゃないかって思ったんですよ」

仔獣たちの主食は新鮮な甘藍《キャベツ》の葉だが、それだけを食べているわけではない。神花の花をおやつに食べることもあるし、佐保様が食べているものを欲しがったりもする。甘いものも割と好きで、焼き菓子や蒸し菓子を佐保様が千切って食べさせている光景も、本宮では見慣れたものだった。

二匹の部屋で食事をさせることもあれば、一緒の食卓で食べることもある。

食卓の上で、佐保様と陛下の間をちょろちょろと動き回って、お二人それぞれから食事を貰うのも、いつものことだ。

食卓には清潔な布が掛けられていて、食事の度《たび》に交換されるため汚れを心配する必要はないのだが、まだ食べるのが上手ではない二匹のことが気に掛かっていたらしい。

「この敷物の上でちゃんと食べるように教えようかと思って」

「私どもは気にしてはいませんが」

「そうだと思うけど、やっぱりじっとすることも場合によっては必要でしょう？　ほらこの間のグラスの人参《にんじん》事件」

「ああ！　ありましたね」

思い出した私は思わず笑みを浮かべていた。俗にいう思い出し笑いというやつである。

つい先日のことだ。

温めた野菜の盛り合わせに燻製《くんせい》肉を散らし、スープを掛けたものが浅皿に入っていたのだが、球形に切られた人参が皿の端から見えたグラスが興味を示し、それを引っ張ろうと頑張った結果、人参がころりと皿の外に飛び出してしまった。

それだけならそこで終わりなのだが、転がった人参を追いかけようと慌てたグラスがリンデンの背中を踏み潰し、驚いたリンデンが暴れて調味料を零《こぼ》し、体が油まみれになってしまうという出来事があったのだ。

毛が濡れてみすぼらしい恰好《かっこう》になってしまったリンデンを佐保様がお湯に浸した布で一生懸命拭い

ているのを尻目に、人参を摑まえたグラスは転がらないように巻き付いて、食べるのに夢中になっていた。

陛下がやんわりと叱《しか》っていたが、あまり堪《こた》えた様子はなかったように思う。まあ、確かに指ほどの細さしかない小さな幻獣を強く叱ることは難しいとは思うのだが……。

そのことで佐保様が陛下に、

「叱るならもっと厳しくしてください」

と注文をつけていたのはとても珍しかった。

仔獣たちも、陛下は甘やかしてくれる優しい存在だとわかっているのか、佐保様に「だめ」と言われた後で陛下の顔を窺《うかが》うように見ることがある。

まるっきり夫婦と子供二人の家族の風景だ。

そのことはまたいつか語るとして、グラスのお行儀は確かによいものではなかったから、佐保様がせめて食べる間だけでも行儀よく——と望む気持ちはわからなくはない。

糸で編まれた敷物がグラスやリンデンの興味を引くのであれば、利用しない手はないだろう。汚してもいい、かじってもいい、持ち歩きも便利となると、外出時でも使えるかもしれない。

「問題はいつまで飽きないでいてくれるかなんだけど、これぱっかりはわからないからなあ……」

ね、グラス。佐保様に触られたグラスは羽を揺らしたが、これが「大丈夫」なのか「邪魔しないでよ」なのか判別つかないのが難しいところだ。

ああ、くすぐったくて揺れた可能性もあったか。

「しばらくは大人しくしているのではありませんか？　その間に覚えさせるのはいかがでしょう」

「そうなってくれるといいんだけど。甘えんぼだから。僕に叱られるとわかったらレグレシティス様のところに逃げるって知恵もあるし。おりこうさんなのはいいことだけど……」

うーん……と悩まし気な声を出す佐保様だが、その表情に困った様子はない。

結局佐保様も甘いのだ。私だって、あのつぶらな瞳でお願いされれば「うん」と言いそうになる。時々朝の時間に甘藍を食べさせるのだが、追加で食べたがる仔獣たちの「お願い」を断ち切るので大変だ。

この点に関しては木乃《きの》さんの方が実は上手に二匹をあしらっている。二匹の方も木乃さんの言うことはすぐに聞く。

……人格の差か？　それとも経験か……？

仔獣たちと接している時間は私の方が長いのに。いや、長いから甘えが出ると思えば……。しかし、躾《しつけ》のことを考えると木乃さんのようにさらっとこなしたい。

厳しい躾要員には団長が控えているので、そこは安心しているのだが、手を煩わせるのも侍従としての矜持《きょうじ》が刺激されるというか、負けたくないと思ってしまうというか……。

団長に勝てるとは思わないが、威厳を身に着けることを先にした方がいいのかもしれない。

差し当たっては、食事時のグラスとリンデンの様子に目を光らせておかねば。殺気を放出するなど高度なことは私には無理なので、眼光と視線だけで制することが出来れば、きっと私の勝ち。

「――佐保様」

「はい？」

「頑張りましょう！　二匹が上手に食事できるように私も協力いたします」

敷物だけでなく、別途布を敷くのもありかもしれない。決められた場所から動かないようにさせるのは、この間のような惨事を招かないためにもよいことだろう。

佐保様がグラスとリンデンに話し掛けている。

「お前たちがお行儀よく食卓の上で食べることが出来たら、もっと他の場所にも連れて行けるかもしれないから、少しだけ頑張ろうか」

「佐保様の仰る通りですよ。会食の席で美味《おい》しい食べ物を見つけることが出来るかもしれませんしね」

糸を引っ張っていた二匹はハッと顔を上げた。「言葉」として会話をすることは出来ないが、互いに何を言っているのか、何を伝えているのかは十分に理解できる間柄なのだ。仔獣たちが文句を言いたくて可愛く鳴く場合など、つい笑みが浮かんでしまって、機嫌を損ねることもあるほどに。

佐保様の言葉に最初は揃って同じ方向に首を傾げていた二匹は、すぐに何を言われたのか気づき、尾を立て、羽と一緒にパタパタ威勢よく動かした。

「お行儀がよくないと駄目だよ？　出来る？」

ぶんぶんと尾が揺れる。緑と金の瞳は佐保様から一瞬でも逸らされることはない。

声だけでなく、顔を見て、そして感じているのだ。

「じゃあ毎日練習できるかな？」

出来る！　出来る！

「食卓にお皿や器が出ている時には駆け回らないって約束できるかな？」

する！　する！

「あっちもこっちもいっぺんに欲張って取って食べないで、一つずつ食べていける？」

がんばる！　がんばる！

佐保様はふわっと笑顔で手のひらを二匹の前に差し出した。すぐに這《は》い上がった二匹を顔の前に近づけ、二匹と佐保様が鼻先をちょんと合わせて笑った。

誰か！　絵師を今すぐ本宮に！

今日の戯れ

◇　◇　◇

しなやかに流れる枝、生命に溢《あふ》れる瑞々《みずみず》しさを体現する濃い緑色の葉、まるで睦言《むつごと》を囁《ささや》く時の声のように揺れ動く風。絡み合う枝と蔓《つる》はそれぞれが自分の存在を主張し、それでいて不思議な調和を作り出す。枝に下がる黄金の果実はたった一つ。だが、その一つこそがその風景の中で最も輝いている。葉も枝も蔓も何もかもが、その果実のためだけに存在するかのように……。


「あの、ミオさん？」

うっとり眺めていると、すぐ近くから佐保《さほ》様の声がして、すぐに意識を切り替える。いけない。あまりにも素敵なため見入ってしまっていたようだ。

「はい。どうかなさいましたか？　それとも何か御用でしょうか？」

どんな顔で眺めていたか自分では見えないため、とりあえずにこやかな笑みを浮かべて佐保様を見れば、少し困ったように眉を寄せた表情をしていた。

椅子に座る佐保様と立っている私とでは高低差があるが、視力に自信のある私には表情はよくわかる。いや、そこまでの距離はないので誰にでもわかるとは思うのだが……。

佐保様の膝の上には薄く青味がかった服が置かれている。佐保様の服ではなく、ネーブル裁縫店のリーズの娘、赤ん坊のコーリャに着せるための服である。

赤ん坊と言っても既に一歳を過ぎ、危なっかしく歩いている姿を私も見ているが、まだまだ大人の手と目が必要なので、赤ん坊と言ってもよいだろう。

母親のリーズが一層の仕事場に来る時に、偶《たま》に連れて来ることがあり、仕事をしている方たちの代わりに私が遊んでいることもあるのだ。

裁縫事に私が手を貸せば余計に仕事が増えるのがわかっているため、子守で役に立つところを見せる必要もある。決して佐保様のおまけでついて来ているのではないと。

ネーブル裁縫店で作られた赤ん坊の服は、とても小さくて質素だ。その代わり、汚しても何度でも洗って着ることが出来る丈夫なものだ。

身分の高い家の赤ん坊が煌《きら》びやかな服に身を包み、乳母に抱かれているのとは大違いではある。しかし、大事に愛情を持って育てるという点では同じだろうとは思うので、どちらが幸せなのかということを論じるつもりはない。身分が高くても低くても、愛情をたくさん受けて育てられた子は多いからだ。

陛下のように。

サークィン皇国は子供に優しい国だと思う。豊かさというのは、金銭的なものだけでなく、心まで含むと私は考えている。我々が国を豊かにしようと一生懸命になるのは、自分が贅沢《ぜいたく》をしたいからではない。

確かに、自らの富を蓄えることに意義や幸せを見出《みいだ》すものもいるだろう。だが、そんな彼等の多くは、災害時には資産を提供し国の復興に協力を惜しまない。中には小悪党もいるかもしれないが、宰相や騎士団長の目から逃れることなど出来るはずもなく、そのうち痛い目を見るだろう。

陛下や佐保様は本当に民のことを考えていると思う。イクセル＝グライスナーがそうだったように、未だに佐保様のことを勘違いする人も多いが、王城にいる人、それに実際に公務に関わっている人たちは、佐保様が皇妃としての国民に対する務めを頑張《がんば》って果たそうとしているのをよく知っている。

佐保様はご自分のことを未熟だと言うが、そんなことはない。成長途上なのだ。それを支える役目の一つを与えられている私は幸せなのだろう。

陛下の幸せなお姿も同時に見ることが出来るのだから、侍従でよかったと心の底から思う。

「ミオさん？」

いけない。私としたことが考え事をしてしまい、佐保様に同じ台詞《セリフ》を言わせてしまった。

「申し訳ありません。佐保様がいらしてからのことを少し思い出しておりました」

「僕が来てからのこと？」

「はい。佐保様が来てから、陛下が私たちにも幸せそうなお顔を見せてくださるようになったと」

「あ」

佐保様の顔が瞬時に赤く染まった。そして照れ隠しなのか、

「レグレシティス様、幸せそうだと思う？」

上目遣いで私に尋ねるのだが、その表情は恥ずかしいというより嬉《うれ》しそうで、陛下が幸せでいることを佐保様も喜んでいるのだと、私たち第三者にもはっきりとわかるものだった。

「もちろんですとも。本宮《ほんぐう》の中でも陛下の笑い声を多く聞くことが出来るようになりました」

今までも六官長たちを招いて食事の場を設けたり、親しい人物との間で笑顔を見せ、笑い声を聞くことはあったが、どちらかというと非常に珍しかった。

本当に稀《まれ》だったのだ。心の底からの笑い声を聞いたことがあるのは極少数だったのではないだろうか。せいぜいが、副団長と雑談をしている時くらいだろう。ちなみに、騎士団長の場合は、二人が明るく談笑している姿があまり浮かばない。そう考えればやはり副団長の存在は、佐保様とは違った意味で陛下には大切なのだろう。幼馴染《おさななじみ》という言葉でお二人がしっかりと結びついているのは、佐保様がいらしてからも変わらない。佐保様はお二人の関係を羨《うらや》ましいと思うこともあるようで、傍《はた》で見ていてとても微笑《ほほえ》ましい。

「佐保様と陛下が仲睦《むつ》まじくしているのを他の方よりも多く見ることが出来て、私はとても嬉しく思っていますよ」

そう言うと佐保様は、

「いやそんな……」

と両手を胸の前で振る。あまり凝視しすぎると初心《うぶ》な佐保様が恥ずかしがって顔を隠してしまうので、邪魔にならない視線を心がけるというのは、本宮使用人全員の共通認識だ。

「ええと、僕のことはどうでもよくて。ミオさん、さっきからぼんやりしてるように見えたけど、何か心配事でもあるの？」

「ぼんやり……？　ああ、それは感心していただけで、心配事などありませんよ」

「感心？」

「はい。大層お上手だと感心しておりました」

笑顔で応えながら、佐保様の膝の上のコーリャの服を指さす。正確には服ではなく、佐保様が施していた――。

「とても素晴らしい刺繍《ししゅう》だと感動していたのです。刺繍の模様というよりは、そのまま切り取って絵画として額縁に入れて飾りたいくらいだと」

「え？　これのこと？」

佐保様の目が丸く見開かれた後、視線が布に落とされる。刺繍がしやすいように裏表を輪っかで挟んで留められた布。一色しかない布地に映える鮮やかな緑の木と黄金色の果実。

一見すると目立ちはしないのだが、控え目に存在を主張しているところが佐保様らしく、とてもよい。

「額縁に飾るなんて大袈裟《おおげさ》ですよ。それくらい上手だったらリーズさんに特訓させられることもないだろうから、そうなりたいとも思うけど。それにこれ、まだ完成じゃないんですよ。最後に動物を入れなきゃいけなくて、それがちょっと大変かな」

「私には素晴らしい出来栄えに見えるのですが」

「ミオさん、褒めすぎ」

佐保様は笑いながら言うが、もしもいただけるのなら本当に部屋に飾りたいくらいだ。

「もっともっと上手になって、リーズさんからこれ以上教えることがないって言われるようになってからかなあ。まだまだ先は長いよ」

そうは言うが、佐保様が本格的に刺繍を習い出したのは、ナバル村から王都に来てからのことで、その後すぐに城に入ったことを考えれば、裁縫にしろ刺繍にしろ、才能はあるのだと思う。そうでなければ、王都で開かれる手芸展に佐保様の作品を出そうなどとリーズも考えないはずだ。

そう、佐保様が赤ん坊の服に刺繍をしているのは、何も母親のリーズから頼まれたのでも強制されたのでもない。

職人組合主催で開かれる工芸展、その中の一つ、手芸部門へ佐保様が出品することが決定したからである。

王都で催しものは毎日のようにどこかで行われているが、大規模な職人の技を競う場はそう多くはない。その数少ない機会がこの工芸展だった。

かつて佐保様――皇妃殿下の靴を作る御用達《ごようたし》職人になりたいあまりに、悪事に手を染めた若い靴職人がいた。男がやったことは決して許されることではないが、自分がそうなれるかもと思い込むくらいに、これら工芸展で高評価を得ることは自信に繋《つな》がる。

だから、若手の職人の多くも各々が得意とする分野に出品をする。優等賞を取ることが出来れば……と夢を見て、或《あ》るいは自分の力がどこまで通用するのかを確かめる場として利用する。

一方で、多くの職人にとっては研鑽《けんさん》の場でも、王都に住む民にはどちらかというと祭り要素の方が大きい。見たこともない斬新な意匠の作品、贅を凝らした作品など、見るだけでも十分に楽しめるからだ。

それは、職人以外の民の作品も展示されていることからもよくわかる。高度な技を披露するものもいれば、子供たちが作った作品を並べるものもいる。それを見て笑顔で話す民を見ていると、ささやかな幸せはどこにでもあるのだなと思うものだ。

かくいう私も工芸展は必ず見に行くことにしている。昨年は慌ただしい中でも、半日だけ見に行かせて貰《もら》った。その時に購入した丈夫で厚手の鍋敷きは、侍従たちの控室で今も活躍している。

今回は、佐保様の王都での実家ともいえるネーブル裁縫店からも数点出品するのだが、そこに佐保様の作品も出してはどうかという話になったのだ。いや、話を持ち込まれた時には既に、

「サホ、あなたも出すのよ」

というリリーズの言葉により、出品が決定していた。

その時の佐保様は反論しようと何度も試みていたが、

「あのね、サホ。皇妃殿下が手芸も嗜《たしな》んでいることを王都の人は知ってるのよ。だったら手芸作品の

一つでも出していいと思わない？　え？　どうしてみんなが知っているかって？　お城から発行される広報にちゃんと書いてあるもの」

リーズいわく、手芸を好きとか嗜んでいるという文面だけだと、上流階級の御婦人方が嗜みの一つとして学んでいるのと同じように、軽い印象にしかならないらしい。つまり、皇妃はこんなことも出来るのですよと誇張されているのではないかと誤解を招きやすいというのだ。

確かにそれはあるかもしれない。私たちは宰相が監修を行う広報には事実しか記載されていないことを十分に知っているが、ほとんどの民はそうではない。だからどこそこの夫人の絵がうまい、どこそこのお嬢様は独唱が素敵だとか、町の大衆紙に載る「噂《うわさ》」と同じにしてはいけないものなのだ。

ネーブル裁縫店や城の作業場で顔を合わせる人々は、佐保様の裁縫の丁寧な出来を知っている。リーズはそれをもっと多くの人に教えてもいいのではと考えていた。

腕前に自信がないからと佐保様はかなり渋っていたのだが、最終的には受けることにした。リーズに押し切られたというのもあるが、古着の再生工場で働く人たちが自分たちも出そうという話で盛り上がっているのを聞き、参加に心が動いたようだった。登録は当然ながら一般部門だ。

刺繍を選んだのは、大掛かりな作業が不要で、部屋で座ったまま日常生活の延長上で出来るからだ。仮に佐保様が衣装や装飾品を作りたいと言ったのなら、私たち本宮使用人はそのために最高の道具や材料を入手するつもりで、少し楽しみにしていただけに少々残念ではあった。

だが出来る侍従は、佐保様の意向に沿うために全力を尽くすのが当たり前。赤ん坊の服はネーブル裁縫店のアイリッシュが作り、佐保様が刺繍を施すとわかった時点で最高の刺繍糸が用意された。

さらには最適な姿勢を保ちながら長時間の作業がしやすい椅子も用意した。針は毎日煮沸消毒をしている。佐保様の指に針が刺さらないのが一番なのだが、万一ということもある。そのために薬なども用意した上で、作業に臨んで貰っていたのだ。

もちろん、佐保様が刺繍をしている光景がよく見える場所に陛下の椅子を設置するのも忘れない。仲の良いお二人なので、陛下がいる時には佐保様も針を持つ手を休めていたのだが、陛下の言葉により仕上がるまでは刺繍を優先することにした佐保様である。

その時の陛下の言葉はこうだった。

「私以外を熱心に見つめるのは妬《や》けるが、真剣な表情で仕事をするお前の顔も好きだ」

その後すぐに私は退出させていただきましたとも！　お二人の甘い雰囲気、そして佐保様の頰《ほお》に添えられる陛下の手。

翌朝、佐保様が朝食の場に姿を見せなかったのは、必然でしょう。

話がかなり逸《そ》れてしまいましたが、布団の掛け布や敷物は大きすぎるので避け、かといって小さな手拭いでは見栄えもあまりしないだろうという判断から、子供服になったわけです。

「服だったら、服の方のよさが目立って僕の刺繍が目立たなくなるかもしれないしね」

出すものが決まれば、佐保様もすっきりした顔になる。そして先述の台詞だったのだが、「目立たなくて残念」ではなく、「目立たなくてほっとする」というのが、いかにも佐保様らしい。

そう言っていた佐保様だが、まったくそんなことはない、むしろ目を引くのではないだろうか。

私が目を奪われた小さな景色。一本の木と果実と小動物。それだけなのに、息づいている何かを感じる。

ただの薄青の生地なのに、そこに色が入るだけで生地ではなく「空」に見えるのだ。

「佐保様……っ」

あらためて素晴らしいと胸を打たれた私は、感動をどう伝えればよいのかわからず、立ったままぎゅっと自分の胸の前で手を組み、刺繍を見つめた。

「ミオさん……」

もしかしたらとても不審だったかもしれない。いや、もしかしなくても私の態度は不審者そのものだ。熱く見つめる視線の先にあるのは刺繍なのだが、他のものから見れば佐保様に熱愛を注いでいるように見えないこともないだろう――とは、後から思ったことで、キクロス様にもお叱《しか》りを受けてしまった。

「あの、佐保様っ、私、私……」

思い詰めた表情をしていたかもしれない。

何とかして感動を伝えたいと逸《はや》る気持ちは私の体を勝手に動かし、佐保様の方へと一歩踏み出した時、

「そこまで」

すっと体の前に遮るものが差し出された。

「け、剣っ！」

鞘《さや》に納められたままではあったが、それは紛れもなく剣で、胸元に触れる位置で止められたそれから視線を上げれば、にっこりと笑みを浮かべた副団長。

（いつの間に……!?）

驚いて視線が外せないでいると、

「一歩後ろに下がりな」

副団長から指示が出され、雰囲気に呑《の》まれた私はさっと後ろに下がった。同時に下げられる剣に、ほっと息をついた私に向かい、剣を腰に戻した副団長が笑いながら言った。

「ミオ、お前、思っていたよりも度胸があるんだな」

「は？　度胸？」

思っていたよりという言葉は気に入らないが、それよりも発言の意図を尋ねると、副団長は会心と表現してもよいほどの笑みを浮かべた。

「殿下に迫ってただろ？　皇帝陛下を恋敵にするなんざ、命知らずの馬鹿《ばか》か、どこかのお子様くらいと思っていたが、まさか身近にいたとはなあ。驚いたよな、殿下」

前言撤回。あれは会心の笑みではない。楽しみを見出した猛獣が浮かべる甚振《いたぶ》りの笑みだ。佐保様の肩に手を乗せ、しきりに同意を得ようとしている。

「副団長様、それ以上はもう言わないでいいです。ミオさんの顔、真っ青です」

赤くなっているると思っていたが、青くなっていたとは自分でもわからなかった。

慌てて頰に手を当てる私を見上げ、佐保様は眉を下げた表情で謝罪の言葉を口にする。

「副団長様は冗談で揶揄《からか》っただけだから、気にしないでいいですよ。それに」

と優しい佐保様は、赤ん坊の服の刺繡の箇所を指さした。

「ミオさんが熱い目をして見つめていたのはこれだってわかってるから」

「ん？　殿下の膝か？」

覗《のぞ》き込んだ副団長の体を佐保様がパシリと軽く叩《たた》く。こういう二人を見ると、気心が知れて仲が良いのだなあと感じる。最初は遠慮していた佐保様も、徐々に気安さを増していっているようだ。

「もう、副団長様はわかってて揶揄うからいけないんですよ。最初からミオさんが刺繡を見てたのも知っていたんでしょう？」

顔を上げた副団長は肩を竦《すく》めた。

「まあな。だが俺じゃなかったらどんな勘違いされたかわからねえぞ。前後左右、どこから見ても殿下に向かって興奮しているようにしか見えなかったからな」

(興奮！)

私は内心かなりの衝撃を受けた。そんな風に見えていたとは……。自分では常に冷静さを心がけ、出来る侍従を目指しているというのに、そんな自分の欲望……もとい感動を必要以上に体で表現してしまっていたとは……。

副団長が言うように、確かに気をつけなければならない。本宮だから気が抜けていた、というのではいけないのだ。どこにでも第三者の目があり、その中には悪意を持つ目もあるというのを前提に動くのが、侍従や騎士たちなのだから。

「佐保様、大変失礼いたしました。副団長の言うように、誤解を与えるような行動を取ってしまっていたようです」

頭を下げると佐保様は、びっくりしたように目を大きくした。

「いやでも、僕はわかってたし」

「佐保様がわかっていても、他のものの目はどう見るかわかりませんから」

佐保様と親しくなってどこかで自分に甘えていたのかもしれない。

「ミオさん、それはこれから距離を置くってこと？」

ああ、佐保様の不安そうな顔！　すぐに払拭しなくては！

「い……」

しかし、私が「距離を置くなど出来ません」と言う前に、

「そんなこと出来るわけないだろうよ。ミオはもう、殿下がいない生活が耐えられない体になってしまっているからな」

「副団長……」

私はじろりと高い位置にある精悍《せいかん》な顔を睨《にら》んだ。

「それもまた誤解を生むに十分な言葉の選択のような気がしますが、気のせいでしょうか？」

「気のせいだろ。俺は事実を言ったまで。殿下から離れては生きていけないのは確かだろう？」

「確かですけれども！」

侍従としてだけでなく、佐保様の人柄を知った私には、離れて生活するなど出来ないのは当然。だからあえて指摘される必要はない。

「佐保様！」

私は副団長から下に視線を下げ、佐保様へ力を込めて語った。

「私はこれからもずっとずっと佐保様のお側《そば》におります。佐保様と陛下の幸せな姿をずっとずっと見守らせていただきます」

私の勢いに若干佐保様が体を後ろに引いているが、よい機会なので熱意は伝えておこうと私は意気込んだ。

そして一歩足を前に出そうと浮かせたのだが、

「あ」

片足を宙に上げた姿勢のまま、私は思い切りその場で動きを止めてしまった。副団長の邪魔が入ったからではない。まだその方がましだっただろう。副団長であれば、そのまま体当たりしても何ら問題はないのだから。

だが、動いた佐保様の膝の上からはらりと落ちた布——服。ふわりと床に落ちかけたその瞬間を見てしまったのならば、足を下ろすことなど出来るはずもない。

佐保様の大切な作品。涙が出るほど感動を覚えた小さな刺繍の模様を、私の靴で踏み付けてしまうのは、絶対に避けなくてはならなかった。

しかし。

勢いをつけたまま停止してしまった体はすぐには止まってくれそうにない。それなりに運動は出来るはずの私だが、この状態で体勢を律するのは困難だった。

その結果、私が取った行動とは。足をどうにかするのではなく、倒れる間際に体を捻《ひね》って向きを変え、佐保様にぶつからないように動くことだった。

私、とても頑張《がんば》った。頑張った結果、

「……不本意ですが、ありがとうございます」

佐保様の側に立っていた副団長が的になったのは必然の成り行き。

悔しいことに、体を捻った分、結構勢いよくぶつかったはずなのにびくともしない頑丈な体。

(くっ……これが鍛えられた軍人の体……)

私たち侍従とは作りが違う。毎日のように団長にちょっかいを出し、お仕置きを受けながら鍛えられている男の体は、さすがに立派だった。

自分もそうなりたいとは思わないが、男として羨ましくはある。そんなことを考えていたせいだろ

うか、

「……おいミオ」

「あの、ミオさん」

副団長だけでなく佐保様からも戸惑ったような声が掛けられて振り向くと、佐保様が首を傾《かし》げていた。

顔に描かれていたのは、

「何と言ったらいいのかわからないんだけど」

というような曖昧なものだった。しかし、そんな表情を浮かべつつも、私にとって最適な助言をくれた。

「副団長様に抱き着いているようにしか見えないから、早く離れた方がいいかと……」

「えっ!?」

「それにその……なんていうか、手つきが……」

そこまでが限界だったのか、佐保様は赤くなった顔を横へ向け、庭から戻って来たリンデンの顎をくすぐっている。おそらく照れ隠しだろう……って、そうではない。佐保様ではなく自分のことだ。

手のひらに伝わるのは柔らかな布地、それから硬い体。

「……」

両手を副団長の胸に置いたまま、頑張って顔を上げると、ニヤリと自分の顎の下に指を置く陛下の幼馴染。

「そうかそうか。そんなに俺の体が気に入ったんだな。それとも、ミオの好みが鍛えられた男の体だからか？」

佐保様ではないが一気に顔が火照ったのがわかった。今度は間違いない。赤くなっているはずだ。

「そ、そんなことあるわけありません！　これは単なる事故です」

「まあな。倒れたところまでは事故だってのは俺もわかる。けどなあ、その後の手つきはどう見たってなあ。なあ、殿下も見ていただろう？　ミオの手がさわさわと俺の胸を……っぷっ」

私は飛び掛かって副団長の口を手で塞いだ。佐保様は、

「さわさわって……」

などと言いながら、自分の両手を開いてじっと見ている。しかも動かして……！　実演しようとしなくていいです！

腹立たしいことに、副団長の口を手で塞ぎ続けるために両手を上げるのが、少々きついという……。

陛下よりも身長が高いのだ。私の背丈は並なのですがね……。

副団長に飛び掛かり、必死になっていた私はまるで気づかなかった。

この光景を見た同僚たちの口から、

「ミオと副団長が熱烈に抱き合っていた」

という内容の話が実《まこと》しやかに、そして空を飛ぶ鳥よりも早く本宮と城内に広まってしまったのは、

痛恨の一撃を食らったのと同じ。

しかも佐保様にまで、

「今まで気がつかなかったけど、ミオさんと副団長様って仲がいいんですね」

なんて笑顔で言われてしまって……。

そんなことはまったくありません。佐保様が来られるまで、必要最低限の会話しか存在しませんでした。副団長はあのような性格なので、確かに本宮の侍従や下働きたちとも、今と同じように軽い口調で会話をしていましたが。

否定の言葉を述べた私ですが、

「つれないこと言うなよ、ミオ」

そう言いながら副団長が……。

「うひゃあっ！」

噛《か》まれた耳を手で押さえながら、まるで自分ではないような悲鳴を上げた私は、佐保様の背後へと回り込んだ。少しでも遠く、あのケダモノから逃れなければ！

まるで追い詰められた子犬のように佐保様の背中から威嚇するが、相手はいろいろな意味で百戦錬磨の副団長。私のような文官を追い詰めるなど小指で可能だろう。

そんな風に私は必死だったのだが、

「うひゃあ……って……うひゃあって」

ぷっと小さく噴き出した後、佐保様は、

「ごめんなさいミオさん。でもちょっとおかしくって……」

私から視線を避けて笑いを堪《こら》えている。

佐保様がこれなのだ。副団長の方は既に声が出ないほどおかしかったのか、腹を抱えて笑っている。ヒィッヒッと口から息が零《こぼ》れる音だけをさせた姿は、ひきつけを起こしているようにも見える。とうとう座り込んだ副団長は、それだけでなく床に寝転がって文字通り笑い転げた。

最初は恥ずかしく憤りもあった私だが、自分より十も年上の男のこんな姿を見ていると、気持ちもかなり冷めて来る。

(黒い制服に塵《ちり》一つつかない。さすが私)

逆にこんなことを考える余裕まで出て来てしまった。考えてみれば、副団長が顔を出してからずっと主導権を握られ続けて来た私が、初めて上位に立ったようなものだ。上から見下ろす時に、宰相が将軍を見る時、或いは団長が副団長を見る時によくする「冷めきった瞳」の練習もついでにさせてもらう。

しばらく副団長の様子を見ていたが、笑いが止まりそうにないため、佐保様は刺繍を再開し、私はグラスとリンデンを掬《すく》い上げ、日の当たる場所に置いた。

しかし何を思ったか仔獣《こけもの》たちは、副団長の方へと駆けて行く。

「佐保様、あれは……」

「たぶん、副団長様が寝転がっているから遊んで貰えると思ってるんじゃないかな」

せっかく再開しようと思っていたのに手を止めた佐保様は、微笑ましいものを見るかのように目を細めた。

「そう言えば、時々二匹と一緒に絨毯《じゅうたん》の上で寝ていることもありますね」

「うん。それにちょうど二匹の昼寝の時間になるところだから」

佐保様は小声で「たいみんぐがよかったみたい」と呟《つぶや》いた。佐保様が生まれた国で使われていた言葉らしく、うまい言い換えが見つからない時には、そうやって異国の言葉を使う。

今回の場合は、仔獣にとってちょうどいい時に副団長が寝転がったことを指すのだろう。

佐保様の言葉を理解する。

これも本宮に勤めるものの務めでもあるのだ。

さて、笑い疲れたのか副団長は寝転がったまま身動きしなくなってしまった。普通の人が倒れていれば病か何かだと心配するところだが、頑健な副団長にそれは当てはまらない。仔獣が喉の上を動いているとくすぐったそうに動くところからも、単に疲れ果てたというのが正しいだろう。

その原因が私の悲鳴だとわかっているだけに、かなり不本意ではあるのだが、妙なことを口走らずに黙っていてくれるのは有難い。

「ミオさん」

佐保様に袖を引かれた。

「どうかなさいましたか？」

「副団長様、あのままでいいと思う？」

「皇妃殿下の前でするには無礼極まりない態度ですけれど、グラスとリンデンの寝床になっているので見逃してもよいとは思います。視界の邪魔になるのでしたら、外から騎士を呼んで引き取って貰いますが」

キクロス様がいればきつく叱られるだろうし、団長がいれば問答無用で踏み付けられると思う。陛下が見た場合も団長と同じ反応だろうか。いや、陛下なら副団長への仕置きは団長に任せて、佐保様を連れて他の部屋へ移動しそうだ。

落ち着いたのを見計らい、私は刺繍に視線を落とした。

「これで仕上がりですか？」

「一応、そのつもりだったんだけど。もう少し何か足した方がいいかなって思っているところなんです。木と果物と動物と、何を入れたらいいだろ」

佐保様が身に着けるものならば神花《しんか》と即座に答えるところだが、工芸展が終われば実際に身に着ける衣服なので神花をつけることは出来ない。蕾《つぼみ》ならいいとは思うが、それよりも子供の服ならば、

「グラスとリンデンではどうでしょう？」

「グラスとリンデンかあ。僕も最初はそう思ったんだけど」

何か考えながら喋《しゃべ》っていた佐保様は、はっと顔を上げた。

「わかった。動物をもっと増やせばいいんだ。リスにグラスとリンデンを入れるだけじゃなくて、他にも馬とか鳥とか。同じ場所だったら狭くなるし、これ以上入れる場所はないけど、体を一周するように動物の輪を作れば楽しそうだと思わないですか？」

佐保様の顔が嬉しそうに輝いている。

「動物の輪ですか。それは楽しそうですけど、佐保様の仕事が増えることになりませんか？」

「増えるって言ってもそんなに時間は掛けないから大丈夫。大きいのじゃなくて、小さいのにするし」

ラジャクーンなら糸一本だけでも通用するでしょう、と佐保様が笑う。

そんな風に小さな、本当に小さな動物たちを刺繍していくのだと、佐保様は糸の物色を始めた。と言っても、色を多用するのではなく少ない色数の方が逆に目立つだろうと、あまり派手な色の糸は揃《そろ》えていない。

私は佐保様が楽しそうに吟味するのをじっと眺めていた。もしも思ったような刺繍糸がなければ、すぐさま買いに走るつもりで。

その心配は杞憂《きゆう》に過ぎず、薄茶色や灰色など一見すると子供服には地味な色合いの糸を選んだ。それから、卓《テーブル》の上にあった紙とペンを取り、図柄を考案していく。

「犬猫、熊。鳥に獅子《しし》に虎。象はいないかもしれないけど、似たようなのはいるだろうし」

そんな佐保様の前にさっと幻獣図鑑と動物図鑑を差し出す私。佐保様がペンを取ったのを見た時に、書庫から図鑑を選んで持って来たのだ。

「ありがとう、ミオさん」

佐保様の明るい笑顔が何よりのご褒美だ。

佐保様が真剣に考えだしたので邪魔をしないようにと、私はそっと部屋を出ることにしたのだが、

「……副団長、本当に寝てしまったんですね」

これでは席を外すことは出来ない。それこそ佐保様と副団長を二人だけにしても何も不埒《ふらち》なことは起こらないとわかっているが、体面というものがある。主《あるじ》に変な噂が立たないように気を配るのも侍従の役目なのだ。

引き摺《ず》って廊下に出しても文句を言われる筋合いはないと思うが、身分や役職を考えればまずいだろうと、小さめの毛布を持って来て掛けてやる。腹の上で丸くなって眠っていた仔獣たちは、最初に用意した日当たりのよい場所にある敷物の上に寝かせた。あのままでも気持ちよさそうではあったのだが、副団長の寝相が悪かった場合、どんな惨事になるかわかったものではない。

二匹が一番好きなのは佐保様の膝の上で、その次が陛下だ。一番の佐保様が刺繍をしている時に側にいるのは危険で、その危なさを佐保様にしっかりと教えられた二匹は、佐保様が何かをしている時に膝に乗りたいと我儘《わがまま》を言うことはない。

大好きな佐保様の「お仕事」が終わったら、たくさん遊んで貰えるとわかっているのだ。ご褒美が待っていると思えば、なお聞き分けもよくなるに決まっている。

たまに、「褒美」が欲しいがために言うことを聞かない男もいたりするのだが。

（本当によく眠っていますね、副団長は）

いつでもどこにでも顔を出すと思われているが、よく考えるまでもなく、どこかで睡眠を取るなどの休みが必要なのは、他の人たちと変わらない。

軍人で、三日の間寝ることも食べることもなく過ごすことが出来ると言っても、それはあくまで戦中での話だ。行動範囲の中心が城になる勤務体系で、そんな自らに責め苦を与える必要はないわけだ。

政治向きが忙しい時には、陛下の帰宅も遅くなるため、周りにいる方々も大変だろうとは思う。

副団長はよく本宮に顔を出す。今のように昼寝をするのは休養日の場合だけで、仔獣と遊ぶ以外でここまで無防備な姿は見せないものなのだが……。

（あ。もしかして休養日に入ったんでしょうか）

夜勤や昼勤、早朝勤務など働く時間帯は多岐にわたる。そのため、ついさっき勤務時間が終わったのだとしたら、ここまで無防備に寝姿を晒《さら》してもおかしくはない。

「お疲れなのかな、副団長様」

私の心を読んだわけではないだろうが、視界に入る男の姿に、佐保様も同じことを考えたようだ。

「本宮にいるだけじゃなくて、団長様がお城にいる間の責任者みたいなものだから、仕事もたくさんあるんだろうね」

「そうですね」

「枕もあげた方がいいかな」

「そこまできつい姿勢ではないと思いますが、念のため、頭の横に敷物を置いておきます」

部屋の中には仔獣や佐保様が日向《ひなた》ぼっこや昼寝をする時に使う柔らかくて大きな敷物がたくさんある。そのうちの一つを頭の横にそっと置いた。

(少し隈《くま》がありますね)

やはり疲れているのだろう。寝息は穏やかで、それだけ深く眠っているのだとわかる。

「寝ている副団長様の側に行ったら何か反撃されると思ったけど、なかったね」

佐保様も起きる気配のない副団長に優しい瞳をしているが、

「……佐保様、それはもしかして私が副団長の剣に掛かったかもしれないということでしょうか?」

「あ」

あれ? という表情を浮かべた佐保様は、すぐにぺこりと頭を下げた。

「ごめんなさい、ミオさん。別にミオさんが副団長様に何かされたらいいなんてちっとも思ってないですよ。あー……あ、ほら! 武術の達人って小さな物音にでも反応するって言うじゃないですか。野宿も多かったっていうし、だから気配には敏感だと思って」

(そして不届き者の気配を察知した副団長の手が私に掛かるというわけですね……)

佐保様に悪気がなかったのはわかっている。佐保様以上に私が配慮しなくてはいけなかったのだ。

テスタス家にお世話になっていた頃、旦那様にもよく注意されていました。

「サナルディアが寝ている時に近づいてはいけないぞ」

と。

すっかり忘れてしまっていた私の落ち度だ。

「気になさらないでください。佐保様よりも私の方が気をつけていなくてはいけませんでした」

それでも善良な佐保様は「ごめんなさい。今度から自分でします」などと言い出して、それを実行に移されないよう注意するのが私の役目だろう。

「でも」

と佐保様が毛布に埋まる副団長の寝顔を見て言う。

「こうして眠っている副団長様の顔を観察できる機会ってあんまりないから新鮮です」

……佐保様にはそうだろう。王都にはきっと副団長の寝顔を見たことがある女性や男性が数多く生息しているに違いない。それこそ、寝ている隙に似せ絵を描いたりもしているかもしれない。

佐保様の視線は副団長に注がれている。陛下が聞けば、嫉妬すること請け合いだ。

「本当はこんなところで寝たらいけないのかもしれないけど、でも、ミオさんが近づいても起きないくらい副団長様が熟睡できるここって、すごくいいところなんですね」

私はハッとした。「ここ」というのが本宮を指すのは明白だ。そして本宮を維持しているキクロス様はじめ私たち侍従が常に心がけているのは、

「陛下と佐保様が心癒《いや》される場であるように」

ということだ。

副団長が熟睡している。

これは凄《すご》いことなのだ。副団長が外野を気にしないでよいほど、寝息を立ててしまえるほど安心できる場だという動かぬ証拠だ。まさに生きた証拠、生き証人。

となると、このまま自然に目が覚めるまで寝かせておいた方がいいのだろうか。陛下が帰宅するまではこのままでよさそうな気はするのだが、陛下を送って来た団長がこの副団長を放っておくはずはなく、佐保様の情操教育に悪い会話やお仕置きが展開されそうだ。

(そうなった時はすぐに退出して貰えばいいか)

気遣いと気配りの出来る団長なので、きっと早々に立ち去って思う存分お仕置きをするだろう。うん、それでいい。

うんうんとこれから夜にかけてのことを考えている間に、佐保様が毛布と敷物を新しく運んで来ていた。

「これ？　一枚だけだと寒いかなと思ったのと、足が出ているからそこに掛けた方がいいかなって」

「ありがとうございます。そうですね。日が落ち始めると寒くなりますから、一枚あった方がよいと思います」

小さめの毛布だけでは長身の副団長の全身には足りない。寝室に置いてある毛布や掛け布団は陛下の背丈や体つきに合わせて大きいが、一般に出回っているものはそれほど大きくはないのだ。

佐保様が毛布を掛けようとするのを、取り上げることで制止する。

「佐保様の手は陛下のためのものですから」

陛下のものであり、国民へ慈しみを与える手でもある。

そんな理由はさておき、本音は陛下が副団長に嫉妬するからだ。

佐保様の優しさは陛下も好んでいるが、自分がいないところで、不在の自宅で他の男に布団を掛ける——。こんな状況が実際にあったなら、修羅場になる家庭も多いのではないだろうか。

副団長の長い脚が隠れるように毛布を掛け終えると、温かくなろうとするように副団長が少し背中を丸めた。

毛布の端を握るその表情が一瞬少年のように見えたのは、私の気のせいだったろうか。

佐保様の横顔を見ると、口元に笑みが浮かんでいた。もしかすると、私と同じものを見たのかもしれない。

「僕、また刺繍の続きしますね」

「では、温かいお茶と美味《おい》しい菓子を用意してまいります」

「副団長様、匂いで起き出さなきゃいいけど」

二人で顔を見合わせ、クスリと笑う。


その後、副団長が団長の仕置きを受けたのは語るまでもない。

今日のかくれんぼ

佐保《さほ》様を探していたら声がする。どこだろうと部屋の中を見回すが、姿を見ることは出来ない。

はて？

首を傾《かし》げてもう一度ゆっくり部屋の中を歩いていると、小さな救いを求める声が聞こえた。

まさか……。

◇　◇　◇

佐保様が本宮《ほんぐう》で過ごすようになって、様々な変化が現れた。

最も顕著な例としては、厨房《ちゅうぼう》に常備されている菓子や飲み物、食事時に出される料理の種類と皿数が増えたことがある。

陛下だけが住んでいた頃と一番変わったのはそこだろう。

佐保様と陛下が出会われる前も、官長たちや騎士団長や副団長、将軍など近しい方々と会食の場を設けたり、酒を飲んだりすることはあったが、菓子がこんなに用意されることはなかったし、甘いものが食卓に出ることはほとんどなかった。厨房の料理人が作る菓子だけでなく、城下の店で買われたものが頻繁に出されるようになったのも、佐保様が暮らすようになってからだ。

親しい人たちだけを集めた内輪の会食が無礼講なのは、今も以前も変わらないが、落ち着き具合が違うように感じられる。

おそらくだが、主《あるじ》である陛下の御心《おこころ》の状態が雰囲気を左右していたのだろうと、佐保様と暮らすようになって気がついた。

私が陛下の心情を慮《おもんぱか》るのは不遜かもしれないが、佐保様と出会ってからの陛下は明るくなった。元々落ち着いて貫禄《かんろく》のある方なので、顔がどうこうとか話し方がどうこうとかではなく、柔らかな表情を浮かべることが多くなったのだ。

無論、その表情が向く先はほぼ佐保様なのだが、たったそれだけで雰囲気は変わるものだ。会話も多くなり、陛下の声を聞く機会も増えた。

本宮の主は陛下だが、生活の主体が佐保様に変わって来たのは、我々全員が気づいている変化だ。

もちろん、よい意味での変化なので陛下が蔑《ないがし》ろにされているというわけではない。

これまで本宮のことはキクロス様に任せきりだった陛下が、佐保様にとって居心地のよい場所になるよう気にするようになり、配慮も増えた。

火災でいろいろ消失したり破棄したりしたものが多く出たのもあるが、調度品や家具の一つに至るまで陛下が丁寧に、真剣に吟味していた様子は、はっきりと瞼《まぶた》に焼き付いている。

真剣な横顔はすべて佐保様のため。

騎士団長やキクロス様に相談するのも佐保様のため。

自分が佐保様のために何かしてあげたいと思っているからこそ、人任せにせず自分で吟味する。

そうやって新しく建て直された本宮は、言うなれば陛下の優しさそのものだ。佐保様がいる場所を陛下が大切に包み育んでいる、そんな場所。

陛下は佐保様が過ごしやすいように注意を払い、佐保様は陛下が寛《くつろ》げる場所であるよう心配りをする。

このお二人があっての本宮は、城よりもよほど大切な場所だと私たち侍従全員が思っていることだ。だから、たくさんのもので溢《あふ》れている。陛下と佐保様が互いのことを思って揃《そろ》えた様々なものがたくさんある。

公務でお二人で出かけた時に買った品、陛下が出先で買って来た絵などが壁や棚を飾っていて、それを見る度《たび》に私も嬉《うれ》しくなる。

少しだけ残った以前の本宮を元にして建て直された新しい本宮は、これまでの陛下の人生の中に佐保様が現れ、共に立つことをそのまま表しているような気がする。

佐保様には内緒だが、本宮が焼けたことで後悔していることがあるとすれば、お二人が初めて結ばれた部屋にも職人の手を入れなければならなかったことだ。

名実共に夫婦になったお二人の始まりの場所をそのままの状態で保存できなかったことには、悔しさしか残らない。

あの時は婚礼衣装や大事なものを持ち出すのに精いっぱいで、後からそのことに気づいて悲しくなったものだ。

佐保様や陛下に寝室について尋ねたことはないが、何も感じないわけではなかっただろう。

柱や壁など使えるところはそのままにしたので、元の部分も多いのだが、完全な状態でないのはほんっとうに残念だ。

まあ、仇《かたき》は取って貰《もら》ったし、佐保様もそれどころではなかったので、命があったことが一番大事なのは変わりないのだが。

そんな本宮なので、陛下はこれからの佐保様との歴史を築いていこうと積極的になっている。

もう誰が見ても明らかなので、先日キクロス様と居室の側《そば》の一室を飾り物用の部屋にしようかと話をした。「思い出の部屋」という名前がぴったりになりそうだが、特別な部屋を作るより、日常生活の中に入り込んでいる方がよさそうな気もしないではなく、物が溢れた時に考えようと一応結論を出しておいた。

しかし、そう遠くないうちに「思い出の部屋」もしくは「土産《みやげ》の部屋」が出来そうな気がする。

さて、今日はその絵の掛け替え作業を佐保様と私と瑛杜《えいと》でやっていた。

佐保様が気安く接することが出来る瑛杜が本宮当番だったのは、幸いだった。他の騎士たちも頼めば快く引き受けてくれることは知っているのだが、一時期でも共に暮らした相手では慣れが違う。

共に暮らした――と表現すると誤解を招きかねないが、本宮勤めの騎士も侍従たちもそれなりに事情は心得ている。木乃《きの》さん、瑛杜、弥智《やち》のサラエ出身の三人がどういう理由で、サークィン皇国の臣下となったのかなどは、ある程度公にしておかなくては、それを脅しの材料にする愚かな人物が出て来かねない。

隠しているから脅しになるのであって、誰もが知っていることならそうならないのは明白だからだ。

加えて、本人たちの人柄が真面目で好感が持てるというのも、嫉妬心なく受け入れられている理由にもなっている。

まあ、嫉妬に関しては、木乃さんに対して私が一番持っているかもしれないとは思うが、他意はないし、早く追い付きたいとも思っている目標となる人物だ。

朝晩は私と共に佐保様の身の回りの世話をして、日中は宰相の元で働いている木乃さんの逞《たくま》しさは、本当に見習わなければならない。

あの宰相の直属というのがどれほど過酷な労働環境なのか、伝え聞くだけでも身震いする。凄《すご》いのは、部下以上に働いているのが宰相だということだ。

陛下も宰相についてはこう評している。

「この国で一番働いているのはファーレイズで間違いない。同じことをしようと思っても一日は余計に掛かるだろう」

だからと言って同じことをする気はなさそうだが。

仕事も大事だが、体も大切だ。陛下には宰相の真似《まね》だけはしてくれるなと切に願う。

すみません、また話が逸《そ》れてしまいました。

私と瑛杜と佐保様で作業をしていたという部分だけ覚えていていただければ結構です。

瑛杜を選んだのは気安いのもあるが、背が高いという佐保様が持ちえない……失礼、我々が持ちえない身体的特徴を持っているからだ。

絵が飾られているのは低い場所だけではない。高い位置にも多く飾られているのだ。飾るのはほとんど陛下で、時々佐保様が副団長に頼んだりもしているのだが、副団長は不在で陛下は当然執務中。

我々に足りないもの——高さを求めたのは自然な流れだ。

いや、最初は佐保様は椅子に乗って作業していたのだ。しかし、椅子に乗っても背伸びしなければならない高さのものを取る時のあの不安定さと言ったら！

私の恐怖をわかって貰えるだろうか？

梯子《はしご》や脚立は本宮にもあるのだが、うち一台は踏板が緩んでいたので修理中、他の梯子と脚立は別所で作業に使っていたため、借りるのが躊躇《ためら》われてしまったのだ。

今日の作業の確認はしていたが、一番使いたかった小さい脚立が壊れていたのが予想外で、さらに全部使われているとは思わなかった私の落ち度でもある。

そうして確認して部屋に戻って来た時には、戻るまで待つように言っていたにも拘《かか》わらず、佐保様が椅子の上に立って掛け替えを始めていたと……。

窓から外を歩く瑛杜の姿を見掛けて、部屋の中に引き摺《ず》り込んだのはもはや語るまでもないだろう。

高い場所の絵や飾りは瑛杜が扱う。私はそれより低い場所を担当し、佐保様は主に瑛杜に指示を出したり、飾りを渡すのをお願いした。それも大事な作業なのだ。

そして現在、高い場所の設置は終わり、お茶と菓子で休憩を取った後、瑛杜は通常勤務に戻り、私は作業の過程で使った掃除道具を仕舞いに行った。

丁寧に隅々までの清掃を毎日心がけてはいるが、手が届きにくい場所はどうしても死角になってしまう。毎回家具を移動するわけではないので、ふとした時に気づいてしまうのだ。

大掃除は月に二度設けられていても、気づかない埃《ほこり》や汚れがいつの間にか出て来るのは不思議だなと思う。

面白《おもしろ》いのは、床や家具の隙間の汚れの度合いを仔獣《こけもの》たちで測ることが出来るという点だ。

とにかくあの二匹は、いろいろなところにすぐに出かけて入り込む。いつぞやは絨毯《じゅうたん》の下に潜っていて、誰も気づかなければ危うく踏み潰してしまうところだった。

あの時は佐保様が顔を蒼白《そうはく》にして、絨毯をばんばん叩《たた》いて、二匹に説教をしていた。あんな迫力のある佐保様は珍しかったが、命が掛かっていればそうなるだろう。

そんなグラスとリンデンだから、家具の脚の間に入って綿埃をつけて来ることも、蜘蛛《くも》の巣をつけて戸棚の裏から出て来ることもある。

それを見れば、どこを重点的に掃除しなければいけないかもわかるため、侍従や使用人たちは毎日観察の目を光らせていた。

二匹が潜り込むのは陛下たちの部屋だけでなく、敷地内ならどこでもだから、何か異変があればすぐ気づけるようにするためで意味もある。小麦粉が入った袋が破れていて真っ白になって出て来た時には全員が驚いた後で、大笑いをした。

今日の作業に関しては、壁を見て歩き回る私たちの足に踏まれてはいけないと、庭で遊んで貰っていた。佐保様に頼まれた青鳥のシェリーは渋々ながらも守り役を買ってくれていて、時々蔓《つる》に登って降りられなくなってしまった仔獣を嘴《くちばし》で摘《つま》んで、救出している様子が室内からでも見えた。

(今は……昼寝中ですか)

疲れたのかどうか知らないが、足を畳んでいるシェリーの青い背中に緑色と金色が見えるから、一羽と二匹で休憩といったところだろうか。

起きる頃には残った棚に置物を並べ終えているだろうから、彼らの分も間食を用意した方がいいかもしれない。グラスとリンデンに関しては、神花《しんか》を食べていたのなら満腹かもしれないが。

ほのぼのと外を見ながら、ふと気づく。

(佐保様は……どこかに行かれたのか?)

部屋を出る前に棚にまだ残っていた隙間には、石細工の動物や色付き硝子《ガラス》の杯などがきれいに並べられている。まだ円卓の横に置物が残っているということは、途中で席を外したからだろう。

佐保様が掛ける予定の絵が棚の上に一つ伏せて置かれていたのは、作業を続ける前に別のことをしようと思ったのだと考えられる。

外だろうかと露台《バルコニー》に出てみるが、シェリーが顔を上げたくらいで佐保様の姿はない。仔獣たちが起きる気配もないのは、安心しきっているのだと喜べばいいのか、獣としての本性は大丈夫なのだろうかと心配すればいいのか、悩みどころだ。

居間から繋《つな》がる中庭は、基本的に庭をぐるっと囲むように植えられた木とそれに絡まるように咲いている神花があるくらいで、他は椅子を置いたり置かなかったりの場所だ。佐保様が隠れる場所はない。

「ご不浄でしょうか」

厠《かわや》を使っているのだろうかと思ったが、様子を見に行っても人が使用している気配はない。念のため、声を掛けても返事はなかった。

苦しんでいるのなら呻《うめ》き声なり聞こえるはずなので大丈夫だろうと思いつつ、倒れて意識を失っていたら大変なので断りを入れて扉を開けるが、やはり無人だった。

「具合が悪くなったわけではないとすると……表でしょうか」

私が場を外している間に訪問者があり、他の侍従の案内で外に出た可能性もなくはない。掃除道具の返却に手間取ったわけではないので、部屋に戻る私とすれ違わなかったのは変だが、一応外に出て、見掛けた侍従や使用人に尋ねてみる。

だが誰も佐保様を見ていないという。

正面玄関の前で番をしている兵士にも同様の質問をしたが、瑛杜や侍従が何人か出入りしただけで佐保様の姿はなかったとの返事だった。巧妙に変装すれば別かもしれないが、そうすると逆に見慣れない人物がいるとして尋問対象になり、正体は即座に判明するだろう。

それに、直前まで私と一緒に作業していた佐保様が、ほんの少し離れただけで変装してしまうことは無理だろう。演劇に携わっていた佐保様だから変装自体は容易《たやす》いとしても、それら道具をどこに隠していたのかという話になってしまうからだ。

「となれば」

私は部屋へ戻った。事件が起こった時には最初の現場検証が大事だとよく聞く。副団長や将軍からも何度か聞かされたことがあるし、空想の話が書かれている読み物でも、度々《たびたび》そのような内容の設定が盛り込まれていたりするものだ。

私はあまりその手の本は読まないのだが、テスタス家の旦那様――将軍の父君で前領主。私に構いたがる――から薦められて何冊かには目を通していた。

確かに面白いのかもしれないが、怖さや謎《なぞ》や不思議度合で言えば、後宮に纏《まつ》わる話の方が数段上だ。

毎年何冊か送られて来る本は、置き場所がないという理由から、一度目を通した後で将軍の屋敷にその都度持ち込み続けた結果、それらの本だけで一部屋が埋まってしまった。

……まあ、元々旦那様からの贈り物なので、息子の将軍が預かるのは理に適《かな》っていると思う。たぶん。

現場に戻って来た私は、まず寝室の扉を開けた。

以前にも佐保様が行方不明になったと騒ぎになったことがあり、その時は、実際にはずっと寝室にいたという思いがけない事実で終わった。

同じことが起きているのではと疑ったのは当然だろう。

扉を開けて目に入る範囲に佐保様の姿はない。朝のうちに敷布や掛け布などすべてを取り換えた寝台には皺《しわ》一つなく、佐保様が布団の中に隠れている形跡はない。寝台の下を覗《のぞ》いても、何もない。そう、塵《ちり》一つない清潔な床が保たれている。

念のため、壁面の収納扉を開けて佐保様が入っていないかも確かめた。普通に考えて、いくら佐保様が小柄でも入り込める空間ではないのだが、思い込みは過ちを導くことになる。

寝具用品に生活用品、替えの肌着や寝衣に、蠟燭《ろうそく》、薬品などが並ぶ中、可愛《かわい》らしい色の紙が貼られた小瓶が幾つか並んでいる。

(まだ足りそうですね。不足しそうなら佐保様が副団長に頼むでしょうから。いえ、でもそろそろ私が買いに行った方がいいような気もしますね)

佐保様が頼む度に副団長から揶揄《からか》われるのは、行事のようになってしまっている。そもそも副団長だってどれくらいで減るかくらいの予測はつくだろうに。絶対に佐保様で遊びたいからに決まっている。

小瓶。副団長お勧めの色街推薦の高級潤滑油。寝室にあるということから何に使用するのか、わかってくださると思う。夫婦が夜の営みを行う際の道具の一つであり、佐保様と陛下には欠かせない品だ。ないならないで代替手段は幾らでもあるが、佐保様の体のことを考えれば、絶対にあった方がいいものだ。

ふむふむと頷《うなず》きながら、ついでに他に不足や不備がないかも確認し、大きなタオルや敷布の間に挟まっていないか確認する。

まあ、挟まっていないのは当たり前ですけれどね。あんなところに入ることが出来るのは、グラスとリンデンくらいです。

しかし、念のため見に行った厠にも湯殿にもいないとなると、外出はしていないだろうというのが「思い込み」になってしまったことになる。

「でも誰も佐保様が出て行く姿を見ていないのですよね……」

顎に手を添え、ふむと考えながら居間に戻ると、青鳥のシェリーが頭に仔獣を乗せたまま入って来た。

本当に、くったりと脱力しきって頭に伸びきっている二匹の野生性が心配になる。危機察知能力は団長に鍛えられているとしても、これでいいのか幻獣と言いたくなる私の気持ちをわかってくれるだろうか。

気を抜ける場所、安心して眠れる場所だと思っているからこその脱力具合だとすれば、喜ばしいのだとは思うが。

青鳥が頭を寄せて来たので二匹を受け取ると、自由気ままな鳥はまた窓の外に出て空に飛び立った。小さくなるその姿に守り役の礼を言い、グラスとリンデンに語りかける。

「佐保様の姿が見えないのですが、どこにいるかわかりますか？」

二匹は揃って首を傾げた。

「あなたたちの母上がいないので探しているのです。わかりませんか？」

仔獣たちにとって佐保様は正しく「おかあさん」で、二匹も早いうちからそう認識しているはずだ。その場合陛下は「おとうさん」となる。さしずめキクロス様が「おじいちゃん」で、団長は「せんせい」、私は「おにいさん」だろう。……「おじさん」ではないと思いたいが、「おじさん」より「めしつかい」だと思われていそうな気もしないではない。副団長の「おもちゃ」とどちらがましかというところか。

その二匹は私の顔をじっと見つめた後、揃ってバタバタと暴れながら手の上から下りようとする。

「居場所を知っているんですか？」

早く下ろせと催促する仔獣を乞われるがまま絨毯に下ろせば、二匹は揃って壁の方へと走って行った。そしてそのまま、棚の下に潜り込んでしまう。

「あ、こら！」

佐保様の居場所を見つけて欲しかったのにと思いながら、二匹を回収するべく側に行き、そこで違和感に気がついた。

「棚、こんなに前に出ていましたっけ？」

棚は棚でも高さは私の胸ほどで、普段はその上に花瓶を乗せたり、飾りを置いたりしている。作業中は、梯子の使用を却下された佐保様が、よじ登って絵の掛け直しを行っていた。今は伏せた絵と埃を取り除くための布巾が置かれているだけで……。

私は一歩引いて再度部屋の中を見回した。

「やはり、場所がずれている」

壁に近すぎると佐保様の体勢が辛《つら》いので、多少は壁から離したままだったのは確かだ。しかし、今は作業中よりも半歩ほど手前に引かれているのだ。

（まさか……）

まさかと思いつつ、しかし仔獣たちの行動を思えばそれしか思い浮かばない。

そんな私の耳に聞こえて来たのは——。

「——さん、たすけて……」

「佐保様！」

救いを求める声、それは紛れもなく佐保様のものだった！

慌てて絨毯に手をついて隙間から中を覗くと、尾と羽を振るグラスとリンデンの前に、佐保様の姿があるではないか！

「ミオさん……」

隙間に挟まった佐保様の顔は横を向きかけて途中で止まっているという中途半端なもので、どんな表情をしているのか薄暗くてはっきり見えないが、おそらく恥ずかしそうに顔を赤くしながら困った顔をしているのだろう。

その佐保様の顔の前でグラスとリンデンがちょろちょろしていて、鼻の近くでされればくすぐったくて堪《たま》らないはずだから、変な体勢でよかったというべきなのか。

「一体どうしてそんなところにいるんですか……。いえそれよりも出て来るのが先ですね」

事情は後で訊《き》くとして、

「ご自分で動くことは出来ないのですよね？」

「ごめんなさい、出来ません」

動く余裕があれば今まで挟まってはいないだろう。

起き上がった私は棚の横に回った。その隙間は狭く、体を横にしても入り込めそうにないが、

（佐保様なら大丈夫なのか）

小柄で体の厚みも私たちに比べると薄い佐保様なら、横向きで入るのは困難ではないだろう。斜めくらいに傾けても行けると思う。

もしも、たっぷりと飾りがついた衣装を着ていたら絶対に無理だし、そもそも隙間に入り込もうなど考えもしないだろう。簡素で動きやすい服を着ているだけでなく、自ら体を動かす労力を厭《いと》わない佐保様だからとも言える。

床に落ちたものを使用人に拾わせるのは、別に珍しいことでない。自分の手を動かすことなく生活することを当たり前だと考えて実行している人は多いのだから。

「佐保様、棚を動かしますのでグラスとリンデンを抱くことは出来ますか？　出来なければ出て来る

ようにと」

棚を引き摺って動かすことは出来るが、抱えることは出来ないので、脚の部分が当たることがないよう注意を促す。

「わかりました」

左側の方から壁と棚の間に無理矢理入り込んだせいで肘を動かすことが出来ない佐保様なので、引き寄せることは難しいだろうと思っていたが、

「僕のところにおいで」

佐保様が呼びかけるだけで、胸元に入って来たようだ。

「それでは手前に動かしますね。前に引きますので、当たらないとは思いますが、脚に注意してください」

「お願いします」

私は前に回って棚を引っ張るため力を入れた。

（結構重いですね！）

動かすために置いていたものは他の場所に移動させていたため、本体しかないにも拘わらず、重量感のある木で出来た棚は、単純に動かせるというわけではなかった。

先ほど隙間を作るために動かした時には瑛杜と二人で出来たため、引き摺る程度なら簡単だと思っていた私の予想は大きく外れてしまっていた。

よく考えるまでもなく、肉体を鍛えている瑛杜の力があって少し持ち上げるだけで動いたのであって、仮に佐保様と私二人だったなら、持ち上げることが出来たかすら怪しい。

だから、一人で動かそうとする私の考えが浅はかだったとも言う。

しかし！

「ミオさん、大丈夫ですか？」

気遣う佐保様の声に自分が情けなくなる。棚一つ動かすことが出来ないで優秀な侍従と言えようか。否、言えない。少なくとも、管理している部屋の家具をまったく動かせないなど、あってはならない。

とは言うものの、前側に斜めに倒して引き摺るという手段が取れない以上、後ろ側から押し出した方が私の力では妥当な方法だろう。後ろ側に回った私は、佐保様を踏み付けない位置に足を挟み入れ、体で斜めに棚を押し出すよう力を込めた。

（ふんぬ……っ）

ぐっと腰を壁につけるようにして、肘も使って前に押す。

（くっ……まだ力が足りないのか……）

なんという重い棚だろう。これは確か、丈夫で長持ちするので有名な北部山脈産の木材を使って作られたもの。芯の部分は鉄の鋸《のこぎり》も通さないほどの硬度を誇るという職人泣かせの木材である。

「無理しないで、ミオさん。それ凄く重くて、僕もちょっとしか動かせなかったから」

だからこんなことになってしまったのだという佐保様が語るところによると、棚の上に順番に絵を飾っている最中に、一枚が誤って後ろに落ちてしまったらしく、それを取ろうと棚を動かして入り込んでしまったと。

「前からも横からも手が届かなくて。ちょうど後ろの板の間に乗ってしまっていたんです」

腰を屈《かが》めてなんとか指で掴《つか》むことは出来て、体を引こうとしたところで摘んでいた絵が落ちたので、それを拾うため、再度身を伸ばした結果が今の姿というわけだ。

佐保様がわずかでも動かしたのであれば、私が動かせないはずはない。

腰を落として踏み込む足に力を込める。

腕の筋肉が盛り上がってもまだ力を込める。

「ふ……んっ！」

もしかするともの凄い顔になっているだろうなとは思うのだが、見ているものは誰もいない。部屋に入って来るとすればキクロス様か、いきなり訪れることがある副団長くらいだが、今日は城下に出ていると聞いているので、目撃されることはないだろう。

ただ、来てくれたら楽だったとは思う。膂力《りょりょく》もあり、佐保様を抱えても走れる男なら、楽に動かしてくれるだろう。佐保様にとっては揶揄いの材料を提供したことになって愉快ではないだろうが、背に腹は代えられない。

「佐保様、私、明日から腕力を、つける特訓をしようと、思います」

「僕も一緒にしていい？」

「陛下がお許しに、なれば」

フンンンッ！

ググっと肩に力を込めて押すと、少し動いたのがわかった。それで出来た隙間に腰を半分挟み込む。尻で壁を押しながら、上半身を使って思い切り押した！

「佐保様っ、どうですか！」

「いけそうです。僕も押しますっ」

指一本分でも隙間があれば押すことが出来る。

よいしょよいしょ、ふんっふんっ。

二人で押すことで隙間は広がり、

「ミオさん、もういいです。もう抜け出せそうです」

明るい佐保様の声に棚を押す腕を止め、壁の前から移動すると、最初の倍近くの隙間が空いていた。

捻《ひね》った体勢だった佐保様が、よいしょと声を出しながら体の向きを変え、ゆっくりと背を起こす。

もぞもぞと尻から出て来た佐保様は、その瞬間腰を大きく伸ばし、体を動かした。

「きつかったあ……。やっと自由になれた」

心からの声だった。

乱れた衣服を整えながら、具合の悪いところはないか尋ねるが、特に不調はないという。ただ、それなりの時間を同じ体勢でいたため、体がきつい気がするがすぐに戻るだろうとのこと。

佐保様は笑っていたが、捻った体勢で後から何か後遺症が出ても困るため、少し落ち着いたら筋肉や筋を解《ほぐ》す施術をすることを決意した。

棚はそのままに、佐保様には長椅子に座るよう勧めて、飲み物を用意する。

少し冷たいそれを佐保様は、実に美味《おい》しそうに飲み干した。

「緊張していたせいか喉が渇いていたみたいで……。お代わり貰えますか？」

もちろん、すぐさま新しく淹れ直す。佐保様はそれもすぐに半分飲み干した。

「美味しい」

膝の上に乗せたグラスとリンデンの頭を撫《な》でながら、佐保様は深く息を吐き出した後、私に向かって丁寧に頭を下げた。

「まさかあんなことになるとは思わなくて……。本当にご迷惑お掛けしました。助けてくれてありがとうございます」

「いえ、侍従としても臣民としても当然のことです」

そして人としても当然のことなのだが、礼は素直にいただいておく。そうしなくては佐保様も落ち着かないだろうことがよくわかるからだ。

「ですが佐保様。佐保様は私が部屋に戻って来たことはわかっていましたよね？　その時に声を出していただければ、もっと早く助けることが出来たと思うのですが」

佐保様不在がわかった後、玄関まで行き、中庭に出たのを挟んで二度部屋の中を確認している。

ここで非があるとすれば、棚の位置がずれていたことに気づかなかったことだが、せめて一声欲しかった。

そう伝えると、佐保様は肩を寄せて体を小さくした。

責めているわけではないのだが、注意は促しておかなくてはならない。何らかの合図を出して貰えれば、私たちは絶対に佐保様を助けることが出来ると自負している。

（そう言えば、以前の寝室事件の時も佐保様、黙っていましたね……）

あの時は騒ぎが大きくなったことで言い出しにくかったと言っていたが、今回も言い出しづらかったのだろうか。

尋ねると佐保様は、

「ごめんなさい」

と何度も謝った。

「さっきも言ったけど、僕もあんな恰好《かっこう》で動けなくなるなんて思わなくて、最初に思ったのが、こんな姿見られたくないだったんです。ミオさんが部屋を出て行っている間にちゃんと出て来れる予定だったから……」

「でも無理だったと」

その通りですと、佐保様が小さく首を竦《すく》める。

その気持ちはわからなくはない。自分一人だけで失敗を何とか挽回《ばんかい》しようとする感情は、私だって

持つことがある。人に頼るのが一番確実だとわかっていても、出来るなら自分一人の力でと考えてしまうのだ。悪いことではない。最初から他人の力をあてにするのは論外なのだから、自分で努力しようとする考えは普通だとも言える。

ただし、時と場合にもよる。

「ご自分でも無理だとわかっていたのでしょう？」

私が戻って来る前から抜け出す努力をしていて、それでも抜け出せていないのだから、早々と諦めていた方がよかったと思うし、他の人がこの場にいても同じ意見だと思う。

佐保様はそっと視線を逸《そ》らした。

「もしかしたらって思ったから……。それに恥ずかしかったし」

「部屋に入って来たのが私でなければもっと恥ずかしい思いをしたとは考えなかったのですか？　そう、例えば副団長とか」

ハッ！　という音が聞こえそうなほど、佐保様は驚いて顔を上げた。

「副団長様に見つかる……。それ、なんの罰ゲーム……」

ばつげえむとやらが何かはわからないが、嫌そうな表情を見れば、よい意味の言葉でないことは察することが出来る。おそらく、話の流れから「ばつ」は「罰」だろう。

しかしさすが副団長。佐保様に対する効果は抜群のようだ。すぐに助けて貰えるのは間違いないが、後々まで響く揶揄いの材料を提供するのは、佐保様も望むところではないはずだ。

「それに、副団長だけでなく、陛下がお戻りになることもあるのを忘れてはいませんか？　陛下に見られても平気だというのなら別ですが」

「……レグレシティス様には見られたくないです……」

顔を赤くしているのは、見られてしまったことを想像しての羞恥心から来るものだろう。夫婦としていろいろな姿を曝《さら》け出してはいても、羞恥心そのものがなくなったわけではないのだから、愛する人に変な姿を見られたくないのは当然の考えだ。

佐保様は溜息《ためいき》交じりの息を大きく吐き出し、がっくりと肩を落とした。

「今度から早めにミオさんに助けを求めることにします」

「そうなさってください。騎士たちに捜索をお願いすることになれば、もっと大騒ぎになりますから」

もちろんそれは本意ではなく、佐保様は何度も大きく頷いた。

自分で出来ることはしようとするのは佐保様のよいところだが、頼って欲しいと望むのは私が侍従だからだけでなく、最初に出会った頃の頼りなさを知っているからだ。

あの頃から助けになりたいと望み、その望みが叶《かな》った今もまだ頼って欲しいと思ってしまう。

（欲張りなのでしょうねえ）

佐保様には陛下という最も頼りになる方が側にいるが、生活面に関してはやはり侍従の方が上手に立ち回ることが出来る。そこは仕えることに特化した侍従の矜持《きょうじ》に懸けて譲ることは出来ない。そう、たとえ陛下であっても。

「迷惑が先に立っての遠慮であれば、逆に気にしないでいただいた方がいいですよ」

「……ミオさん一人だけで済むのか、騎士様や兵士の方まで動員されるかの違いですよね」

「そういうことです。今も佐保様は申し訳なく思っているでしょう？　それを私一人だけにするのか、十人二十人を相手にするのかの違いですね」

「自分一人だけっていうのは……」

「出来なかったからさっきのようなことがあるのでは？」

「ごもっともな指摘ありがとうございます……」

佐保様はそう言うが、佐保様だからお願いするとも言える。何故《なぜ》ならば、多くの身分の高い婦人方は、どれだけ他人を使おうともそれを当たり前だと思っているからだ。一人に靴を履かせて貰うのも、百人に靴を履かせて貰うのも同じ。

逆に、多くの使用人に命じることが出来る人ほど、高貴なのだと信じ込んでいる人もいる。

皇国で一番多くの人に命じられるのは陛下だ。その陛下は無駄な人の使い方はしない。どちらかというと自分で手をつけることの方が好きなのだとは、近しい方々に話を聞けばすぐにわかる。陛下の場合は、幼少時から人に避けられていたという過去があるため、自分のことは自分でするのが当たり前になっていたとも言う。

そんな陛下と、普通の育ちの佐保様が夫婦になったのだ。陛下は佐保様の自由な行動を特に制限することなく見守っている。佐保様への信頼は元より、陛下自身がそうありたいと望んでいることが反映されているのだと思う。

自由奔放すぎる幼馴染《おさななじみ》がずっと一緒なので、悪い意味でのお手本を見て育ち、自然に「自由の許容範囲」を学べたことがよかったのだと思われる。

「ねえミオさん。あの、さっきのことレグレシティス様に」

佐保様が何やら真剣な顔で話しかけて来た。やはり気になるのはそこか。

「畏《かしこ》まりました。佐保様の許可を得るまでは黙っていることにします」

ぱあっと輝いた佐保様の笑顔に頷きながら、私は続きの作業の段取りを頭の中で組み立てる。

佐保様が挟まった証拠隠滅が作業再開一番目の仕事だ。

◇　◇　◇

後日のこと。佐保様が護衛の騎士をお供に乗馬の練習に行っている日中、大工道具を各々手に抱えた職人たちが数名、本宮を訪れた。立ち合いは侍従長キクロス様と私、奥宮《おくみや》にも関わりのある典礼官長の三名。そして発注者である皇帝陛下その人と護衛の騎士団長・副団長の二名だ。

職人たちは陛下に指示されるまま黙々と作業を行った。部屋の中に聞こえるのは、トントンという釘《くぎ》を打つ音のみという奇妙な沈黙。普段は陽気に大きな声を出しながら作業をする大工たちだが、居並ぶ方々の前ではちょっと話をするのも憚《はばか》られるといった雰囲気だ。偶《たま》に聞こえるのは「釘」「そこは強く」「引っ張れ」など最早会話にならない単発的な言葉のみ。それでも通じるのが腕のよい大工なのだろうが、彼らもさっさと仕事を終えて帰りたい気分なのだろう。

陛下からの直接の依頼だから大層な名誉ではある。彼らは火災で半焼した本宮の建て直しにも関わった経験がある御用達《ごようたし》大工なのだが、まさか呼び出された先で陛下と直《じか》に対面するとは思ってもみなかっただろう。

陛下からの依頼。それは本宮の私邸に置かれている幾つかの家具を動かないよう固定することだった。食器棚、小物棚、書棚、飾り棚など、どっしりとして頑丈で日頃から動かす必要がないと考えられるすべての家具が壁に固定され、壁と家具との間の隙間が極力なくなるようガッツリ、みっちりと、釘と鋼製の細い紐《ひも》を用いて固定された。

「これくらいの強度があればツヴァイクに引っ張られても揺れ動くことはないでしょう」

そう言って完成度を確認したのは騎士団長だったが……おかしいな。私の目には家具が少し動いたように見えたのだが……。うん、見なかった。私は何も見ていない。

「それなら安心だな」

満足そうな陛下にホッとした職人たち。褒美に酒樽《だる》と報奨金を渡すことは決定しているので、今晩は思う存分飲んで緊張を解《ほぐ》して欲しいと思う。

職人たちの作業が終わると、佐保様のお戻りを待つことなく陛下と団長はすぐに王城に戻って行った。忙しい執務の合間を縫ってまで作業に立ち合いたかったのは、すべて佐保様のためだからだ。

「しかし、ここまでするかね」

本宮警護に残った副団長は、呆《あき》れたように棚の上を拳《こぶし》で叩いた。

「別に多少動いたって問題ないだろうに。ちびたちがデカくなれば暴れて倒れることも想定した方がいいとは思うが、それだって随分先の話だ」

副団長は本気で今日の陛下の指示を不思議だと思っている。

それを聞きながら、私は背中に冷や汗が流れるのを感じていた。

(副団長、二匹はこの際関係ありません。陛下の行動はすべて佐保様を思ってのことなんです)

そう、佐保様は棚の後ろに嵌《は》まって動けなくなったことを隠したいと願っていたが、一応事故扱いにもなるので私からキクロス様へ、キクロス様から陛下へと「これこれこういうことがあって佐保様が隙間に挟まってしまいました」という話は伝えていた。

その際に私も現場の目撃者兼当事者として侍従長とご一緒していたのだが、聞いた陛下は「佐保らしい」と苦笑いを浮かべていた。その時には既に家具を固定することを決めていたのだろう。

さすが陛下である。

なお、家具が固定されていることに佐保様は長く気づかなかった。

「えぇえ、どうして？　いつの間に？」

気づいた時の不思議そうに首を捻る姿を陛下が満足そうに眺めていたのは、私の心の裡《うち》にのみ収めておくことにする。

小旅行

「佐保《さほ》、明日から数日王都を留守にするぞ」

珍しく深夜にならない時間帯に帰宅したレグレシティスは、外套《がいとう》を侍従長キクロスに預けるとすぐに、いつものように顔の半分を覆う仮面を外そうと伸ばした佐保の手を握って告げた。

「明日からって……。すごく急ですね」

「急ぎというわけではないのだが、時期的に今を外すと移動が困難になると判断した」

「何か事件でも？　それとも皇帝陛下が行かなくちゃいけないような何かがあったんですか？」

違法薬の首謀者たちが捕らえられて半月ほど経《た》つ。季節は既に晩秋に入り、すぐに凍える冬が遣《や》って来る。家から出ることすらままならなくなる真冬でなくても、冬の天候は変わりやすい。赴いた先で身動き出来なくなることも十分あり得る。レグレシティスの言う移動が困難という言葉は、サークイン皇国北部に限っては冗談でも何でもないのだ。

「じゃあ急いで荷造りした方がいいですね」

こういう時は侍従長やミオに頼むのがいいだろうと外套にブラシを掛けているキクロスの方を向ければ、

「お任せください」

頼れる侍従長は何も言わずとも請け負ってくれた。

王都外への皇帝の移動の際は、場に合わせた衣装などの着替え一式を複数組用意して運ばなくてはならない。たとえ一泊しかしなくても常に備えは必要で、肌着などは佐保が畳んで行李《こうり》の中に入れることは出来ても、相応《ふさわ》しい衣装を選ぶのはやはり侍従の手が一番だった。

じゃあ僕は――と持って行く肌着を確認しようと衣装部屋へ行きかけた佐保だが、腕をレグレシティスに摑《つか》まれ引き留められてしまった。

「レグレシティス様？」

「待て。お前は私が一人で行くと思っているのか？」

「一人というか団長様や他の騎士の方たちも一緒だとは思ってますけど。もしかして官長様たちのどなたかも同行なさるんですか？」

佐保としては当然の返答だったが、レグレシティスは目を細めて苦笑した。

「そうじゃない。お前も一緒に行くと言っているんだ」

「えっ」

「えっ、ではないぞ。せっかくお前と過ごすために休み……視察の日数を捻出したんだ。同行しないつもりで話をされると悲しいぞ」

佐保は「あ」と口を開け、慌ててレグレシティスの腕にしがみ付いた。

「だって、レグレシティス様が王都を留守にするなんて言うから……。絶対に仕事だと思うじゃないですか。最初から僕も一緒に連れて行くって言ってくれたら勘違いしなかったですよ」

口を尖《とが》らせて文句を言うと、レグレシティスは「すまない」とまったく悪びれていない笑い顔で佐保の唇を指で摘《つま》んだ。

「早くお前と共に出かけることを伝えたいと思う気持ちが先に立ってしまったようだ」

悪かったと今度も笑いながら唇を啄《ついば》まれてしまえばもう、佐保は何も言えなくなる。言葉通り、レグレシティスにはまったく悪気がないのだ。

「よし、言い直そう。明日から数日——二日か三日程度の予定で王都を離れての視察にお前を同行させる」

これでいいだろうかと目で問うレグレシティスに頷《うなず》き、佐保は首を傾《かし》げた。

「視察なんですよね。僕も一緒に行っていいんですか？」

「問題ない。是非ともお前に見て貰《もら》いたいものがあると言われての視察だからな。正しくはお前の視察に私が同行する形になる」

「えっ、それはどういう状況なんですか？」

何というか畏れ多いというか、皇妃のおまけに皇帝がついて来るというのはどういう状況なのだろうかと思わなくもないが、心なしか、語るレグレシティスはうきうきと楽しそうで、不思議に感じる。

「レグレシティス様はどこに何をしに行くのかは知っているんですよね？」

「もちろん。そうでなければ許可は出せないだろう？」

「ですよねえ」

皇帝と皇妃が揃《そろ》って王都の外に出るのだ。警備上の観点からも移動計画は立てられていて当然だった。

とりあえず、帰宅したばかりのレグレシティスには先に湯船に浸《つ》かって貰うことにして、その間に佐保はキクロスやミオと一緒に旅行の支度に取り掛かった。

先にキクロスには行き先が伝わっていたらしく、細々とした日用品以外に肌着や衣類、上着に防寒着などが行李の中に詰め込まれていく。あちらの世界でいう車輪のついた大きな旅行鞄《かばん》――トランクケースのような衣装箱もあるにはあるのだが、佐保たちの移動の場合は馬車で運ばれていくのが前提なのと、どうしても衣類一式の数が多くなるため、行李に詰めて運ぶのが楽なのだ。

用意する中で、佐保はキクロスが分厚い冬用の長靴を衣装部屋から取り出して来たことに気づいた。

「靴も必要なんですか？」

「ええ。陛下から防寒用の長靴もと言われています」

テキパキとレグレシティスと佐保、二人分の長靴を数足並べたキクロスは、ミオに命じて連れて来た他の侍従に蠟脂《ろうし》を念入りに塗り込むなど、長靴の手入れを指示していた。蠟脂の匂いが部屋の中にあるのは好ましくないというので、侍従たちはすぐに長靴を他の部屋に運んで行った。本宮《ほんぐう》の玄関の横には雨具や外套、靴などの手入れ用品を収めている部屋があるので、そこで作業をするのだろう。

レグレシティスの靴は他の靴職人が手掛けているが、佐保の靴は懇意にしている革職人のタニヤに作って貰っている。先日、学院が休みの時に訪れ、タニヤが冬靴の履き心地の確認を兼ねて不備の有無を確認しているため大丈夫なはずだが、念には念を入れたいのだろう。

夕方からずっと佐保の側《そば》にいたミオは行き先は聞かされていなかったようだが、「防寒用の長靴」が必要なほど寒いところに行くのだと見当をつけて、肩掛けに襟巻に手袋と細々とした真冬用品をせっせと行李に詰め込んでいる。こういう作業はミオの好むところだからか、生き生きとしている。

そんなミオを横目で見ながら、

「キクロスさん、明日から行くのは寒いところなんですか？」

場所までレグレシティスから聞かされているに違いないキクロスに尋ねると、皺《しわ》のある顔に温かな笑みを浮かべた。

「佐保様、それは陛下からお聞きください。陛下もご自分の口から佐保様にお話しなさりたいと思っていらっしゃいますよ」

佐保は「うん」と言葉に詰まってしまった。確かに、誰かに詳細を聞かされるより自分の口から伝えたいと思っているような口ぶりだった。それを押し留《とど》めて先に湯殿に追いやったのは佐保自身なので、素直にキクロスの忠告に従う。

「わかりました。レグレシティス様にお聞きします」

レグレシティスの方も早く佐保に話をしたかったのか、いつもよりは短い時間で風呂を切り上げて部屋に戻って来ると、佐保を膝の上に乗せて詳細を教えてくれた。

食事は王城の執務室で済ませて来ているため、準備を終えたキクロスとミオが部屋から退出すると二人だけの時間となる。レグレシティスが遅く帰宅する日は佐保は眠っていたり、起きていてもすぐに揃って寝台に横になり健全に眠りにつくことが多いため、偶《たま》に椅子に座ってこうしてゆっくりと語らう時間は貴重だ。

レグレシティスの帰宅を待ち侘《わ》びているラジャクーンの仔獣《こけもの》二匹は、日中の遊び疲れのせいで夕食を終えると早々に寝床に引っ込んでしまっている。後からレグレシティスが早く帰って来ていたことを知ればピィピィと声にならない声で鳴いて文句を言いそうだ。

「実は」

とレグレシティスが伝えた内容は佐保もびっくりのものだった。

「視察の話が上がったのは今日の朝議の後で、それから精査して明日から数日なら可能だということになったのだ」

「それ、早すぎないですか？　そんなに急いで行かなきゃいけないようなことがあったんですか？」

即断即決と言えば聞こえはよいが、レグレシティスの口ぶりだとそこまで緊急性が高い視察ではないように思える。それに危険な場所なら佐保を伴うのを前提にした旅程は組まないだろう。これでもレグレシティスに溺愛《できあい》されている自覚はあるのだ。

佐保としては当然の疑問だったのだが、

「実はな」

レグレシティスにしては珍しくバツが悪そうな表情で目を伏せた。ただし口元は笑っている。

「お前が好きそうなものがそこにはあるらしいのだが、場所が山なのだ」

「山？　山というと……」

佐保はハッとした。真冬用の長靴や防寒具を準備して行かなければならない山など、今のサークィンには一つしかない。王都の北部に聳《そび》える雪の山脈だ。タニヤの自宅があるべセナ村はその雪山の麓に位置し、一般人が住む北限はその辺りになる。半日も掛からず王都から行ける距離ではあり、観光名所と言えばそうなのだが、夏でも頂上付近が雪と氷に覆われた山に好き好んで入ろうとするものは滅多にいない。

「雪山ですか？」

「そう、雪山だ。幸いまだそこまでの積雪量がなく、馬車と徒歩で行ける状態ではあるらしい。だが、時機を外すといつ何時天候が急変するかわからないのが山の怖いところだ」

「それで明日いきなりの出発になったんですね」

これ以上ないくらい説得力のある理由だ。赴いたはいいが吹雪《ふぶ》いて先に進むことも後戻りすることも出来なくなる事態は絶対に避けなければならない。

「大幅な天候の悪化がなく、晴天が続くのがこの五日ほど。それが過ぎればまた雪が降り続き、しばらくは止《や》むことはないそうだ」

この世界にも気象予報士のように天候を読む役職の人はいる。皇国では典礼官府の府吏《やくにん》がそれに当たり、星の動きを読んだり、風や潮位などから予測を行うのだ。当然その役職に就くには高度な知識が必要になるため、全職種の中でも最も難易度の高い選抜試験と言われている。

「じゃあ滞在中に天気が崩れることはないわけですね」

「もちろんだ。お前を連れて行くのだから道中と滞在中の安全は確保しないとな」

「ありがとうございます」

配慮はとても嬉《うれ》しいのだが、実はまだ佐保の好きな何がそこにあるのかを聞いてはいない。雪山にわざわざ泊まりがけで行こうというくらいだから、よほどのものだとは思うのだが。

期待に目を輝かせてレグレシティスの顔をじっと見つめれば、勿体《もったい》つけるものではないと思っていたのか、レグレシティスはあっさりと教えてくれた。

「湯が出たそうだ」

「湯！　湯って温泉ですか!?　え、本当に？」

「ああ。湯が出たというのは言い方が悪かったな。雪山の一画に湯が湧き出る温泉があるのを発見したという報告があったんだ。ただし見つかったのは十日ほど前のことなのだが」

「それなのに今朝の報告で明日出発なんですか？」

「湯が見つかった後、それが使えるものなのか、害の有無まで調べる必要があった。湯量や源泉の調査も行わなければならなかった」

「早くに教えてくれてもよかったのに……」

佐保は唇を尖らせた。

「今日のお前はご機嫌斜めになってばかりだな。そこも愛らしいが」

レグレシティスには佐保のどんな姿でも愛《め》でるものとして映っているようだ。

「早くに知らせた後で涸《か》れてしまってはがっかりさせてしまうだろう？　それにその時はまだお前を王都の外に出すことは出来なかったという事情もある」

「事情……あ」

十日前という言葉に、佐保は、その頃はまだ高等学術院を巻き込んだ違法薬事件の主犯が逃亡中で、軍総出で探していたのを思い出す。

「その頃はさすがに無理ですね。温泉があるって聞いても行けないから余計に気になってしまっていたかも」

「私もそれを懸念した。涸れる心配があったのもあり、逃げた主犯が潜んでいないとも限らないところにお前を行かせるわけにはいかなかった」

わかります、と佐保は頷いた。

「元々、温泉を見つけたのは雪山に逃げ込んだ可能性を考えて捜索していた最中のことで、お前に見せるためだけであっても安全の確認はしなければならなかった」

サークィン皇国民であれば秋の終わりに近い時期に雪山に入ろうとはしなかっただろうが、主犯ら首謀者一味は他国からの入国者で気候や地理に疎かった可能性が高い。隠れ場所や逃亡先に険しい山を選ぶこともないわけではない。

「じゃあ僕を連れて行けるってことは安全ってことで大丈夫なんですね」

「前入りもさせているし、十分な安全は保証できるはずだ」

「ならいいです。レグレシティス様も一緒だし、団長様たちも一緒なんでしょう？」

「騎士団長と副団長、それに小隊二つが共になる。前入りの小隊と合わせれば三隊が護衛だ」

それを多いとするか少ないとするかは人次第だが、雪山という足場の悪い場所に大人数を連れて行くのは却《かえ》って危険でもあり、妥当な判断なのだろう。少なくとも佐保よりはよほど行軍について詳しい専門家がその判断をしているのだから、皇帝夫妻のために万全を敷いているのは確実だ。

「温泉って入れそう？」

「なかなか快適らしい」

「あ、先に入った人がいるんだ」

「お前に一番に入って貰いたい気持ちはあるが、こればかりは確認が必要だからな」

「うん、それは仕方がないです」

十日前に見つけて、安全確認と共に効能や様々なものも調べた結果とはいっても、誰も入っていない湯に真っ先に皇妃を入れて試すわけにはいかないのだから、誰かが事前に入る必要があるのはわかる。

「感想とか聞きました？　お湯に浸かった感想」

「浸かったのが武骨な軍人だからなあ。気持ちよかったとしか。ただ薬学の研究員たちは体の疲れが取れたとは言っていた。試飲したものもいたようだが飲んだ直後は体が内から温まった気がしたとは言っていた。悪いものではないとは思うが、佐保、お前は飲むんじゃないぞ」

「飲める温泉もありますけど」

「そうかもしれないが、まだ見つかったばかりだからな。湯船に浸かっている間に口の中に入る分は仕方ないが、好んで飲むことは」

「はい、絶対にしません」

佐保は片手を上げて誓いを示した。

「それに温泉に行く前も行った時も帰りも、レグレシティス様がずっと一緒にいてくれるんでしょう？」

ふふっと笑って言えば、

「その通りだな」

と言いながら佐保の体を抱えて椅子から立ち上がり、レグレシティスは寝室に足先を向けた。

「明日から数日、私はお前の従者であり騎士として側にいるつもりだ」

「すごく贅沢《ぜいたく》」

佐保はレグレシティスの首に腕を回して抱き着き、頬《ほお》をくっつけた。

明日からの雪山行きがとても楽しみになってきた。

翌朝。雪山へ向かうと告げたのが昨日の夕方ということもあり、出立はやや昼寄りというゆったりとした時間になった。

本宮での見送りは侍従長キクロスと侍従一同。ミオと木乃《きの》は佐保に同行するため、既に荷物を積んだ馬車に乗り込んでいる。

キクロスは佐保の外套の襟を整えながら、にこやかに言った。

「佐保様とご一緒に出かけられるだけでも陛下は大層喜んでいらっしゃいますので、どうぞ道中は労《いたわ》ってあげてください」

「はい。いつもお仕事で忙しいレグレシティス様だから馬車の中ではゆっくりして貰います。もちろん、その後もですけど」

うんうんと頷くキクロスらに見送られ、馬車は静かに王都を出発した。レグレシティスと佐保が乗る馬車以外に、荷物を載せた馬車が一台。ミオと木乃が乗るこちらの馬車は皇妃専属のクコッティが御者を務め、佐保たちが乗る馬車は皇帝専属のものが御者となる。

人数を絞ったとはいえ、騎士の部隊が同道すると目立つため、護衛の部隊とは王都の外で合流する手筈《てはず》になっている。王都の大門までを見送るのは皇国軍がその任を担っていた。

雪山への道中は何事もなく進んだ。途中、ベセナ村に寄って昼食を摂《と》り、そこを出て少しすればもう山の入り口だ。冬の間は王都の工房に籠り切りになるタニヤが、ちょうどベセナ村の自宅兼工房で作業をしていたので昼食に誘ったが、皇帝も一緒というので遠慮されてしまった。その代わり、冬仕舞いをして工房を閉じたタニヤとは佐保たちの帰路に王都へ同行する約束をした。

「佐保」

レグレシティスに言われて馬車の窓から外を見れば、緩やかに上る山道が視界に入る。そこから顔ごと視線を上に向ければ、王都やべセナ村で見た時よりもずっと高い場所に冠雪で白く染まった山の頂《いただき》が見えた。

雪山はすぐ目の前に迫っていた。

「思っていたよりも普通の山なんですね」

山に入ってしばらく馬車で進む中で佐保が漏らした感想に、同乗するレグレシティスは苦笑した。

「まあ普通の山だな」

「僕、もっとこう、険しくて道幅も狭くて崖が迫っていたり木が密集していると思っていました。雪も積もってないし」

正直、拍子抜けした感じが否めない。標高が高く、険しい山々が連なり、頂には万年氷雪——と聞けば、想像するのは人が登るには不向きな峻厳《しゅんげん》な山だ。木々の枝には雪が積もり、氷を纏《まと》っている北欧の冬のイメージが強かった。

しかし現実はどうだ。舗装こそされていないが踏みしめられて固められた土の道があり、針葉樹の緑は濃く、見える範囲に雪はない。気温は確かに王都よりも低く、進むごとに寒さを増している気はするが、まだ息が凍えるほどではない。

つまりは普通の山に冬に登っているのと同じ感覚だ。しかも馬車なので、厚着をしていることと外の景色が山っぽいことを除けば、平地での道行と何ら変わりはなかった。

「佐保、そうがっかりするな」

思っていたのと違うという感情が表情に出ていたのか、前に座るレグレシティスが手を伸ばして佐保の頭を撫《な》でた。ちなみに佐保は進行方向に向かって前向きに、レグレシティスは背中が進行方向になるように座っている。

長期の旅行に使用する馬車ほどの幅はないものの、二人が並んで座りゆったり寛《くつろ》ぐことが出来る広さはあるのだが、佐保をじっくりと眺める機会をレグレシティスが無駄にしたくなかったからだ。皇帝に後ろを向かせるなんて……と頭の固い人なら言うだろうが、生憎《あいにく》同行者は柔軟な思考の持ち主であると同時に、皇帝陛下の意向が何より一番大事だと心得ている。

皇帝の優先順位の一番が皇妃であるのは間違いなく、奇しくも侍従長キクロスが出立前に口にしたように、

「陛下を道中労ってあげてください」

をしっかり実行していると自負しているため、問題はないと考えている。

「行けるところまでは馬車で行くが湯の出る場所までは少し歩く。今のうちに景色を堪能していた方がいいぞ」

「歩くのは別に構わないんですけど。この服装でも大丈夫なのかな」

内張りから襟までふかふかの毛皮で覆われた分厚い外套に、防寒性能抜群の長靴。手袋も機能性より温《ぬく》もり重視で、緩くものを掴《つか》むことは出来てもしっかりと握ることは出来ない。長靴の踵《かかと》はほとんどなく平らで滑り止めがついているのは雪道を想定してのことではあるが、果たして効果を発揮する機会があるかどうか。

——と思っていた佐保は、

「ここから先は徒歩での移動になります」

と言われ歩き始めてすぐ、滑り止めの効果を実感していた。

佐保たちが歩く道の横に目を向ければ、陽光が当たらない山肌や木々の根元には雪が積もり、先に目をやれば徐々に白い色の範囲は広くなっていた。

「雪が……積もってる……」

馬車に乗って運ばれていただけの佐保は気づかなかったが、佐保たちを乗せた馬車は林道を切り開いて作られた臨時の道を行けるところまで行き、岩肌が多くなるところから先を徒歩で行く道筋を辿《たど》っていた。

まだ先まで馬車で行けそうではあるのだが、湯の出る場所まで道を繋《つな》ぐには期間が短すぎたらしく、来年の春に再び道路を整備する予定となっている。それもこれも雪をどうにかしなければ道の造成などとても出来るものではなかったからだ。

「大丈夫か？」

隣を歩くレグレシティスの気遣う声に佐保は頷いた。

「これくらいなら大丈夫です。王都の雪もベセナ村での雪も経験しているから、たぶん膝まで埋まっても歩けるとは思います」

非常に真面目に答えたつもりだが、後ろから笑い声が聞こえる。言わずと知れた副団長マクスウェルだ。

「膝まで埋まるような場所なら連れて来ないで、春までお預けになってる。埋まってもせいぜい足首までだな」

それはそれで雪があまり多くない地域で育った佐保としては十分大変ではあるのだが、サークィン皇国北部では足首までの深さの雪など日常に毛が生えたほどにもならない。馬車は普通に往来するし、子供たちも走り回って遊ぶ。つまりは佐保以外の皇国生まれ皇国育ちの面々にとって、その程度は移動の妨げにならないのだ。

そこで佐保は気がついた。

「木乃さん、大丈夫ですか？」

副団長より少し後ろを歩く木乃は中央大陸南部にあるサラエ国出身だ。佐保以上に寒さに耐性がないはずで、実際に木乃は佐保と同等かそれ以上に着込んでいるように見えた。

「ご心配ありがとうございます。私は大丈夫です。それに歩いている間に体も温まってまいりました」

「それならいいんですけど」

本人が大丈夫だと言うならそうなのだろう。寒さ耐性が低いだけで基礎体力も身体能力もある木乃なので無理をしない配分も心得ているはずだ。

隊列の先頭を歩くのは雪山に調査に入った部隊から選出した案内人が二名、その後を数名の騎士が続き、騎士団長、レグレシティスと佐保が並び、副団長より後続にミオと荷車を引いた部隊が続く。馬車を動かすには狭い道幅だが、荷車はまだ通れる。それが出来なくなればいよいよ人力で背負って行くしかなさそうだが、副団長の説明によるとそこまでの難所は多くないとのことだった。

「難所って……」

「保養所まではとりあえず道を開通させている。ただそこから湯が出ている場所までが少し歩く必要があるんだ。まあ、着いてみりゃあわかるさ」

宿泊予定地のすぐ目の前に温泉があるのが理想なのだろうが、皇帝が宿泊できる建物を建築するにはある程度の広さの平地が必要で、最終的にギリギリ妥協できるところに保養所という名目の宿泊小屋を建てたという。

「私は野営用の天幕でもいいと言ったのだが」

「馬鹿《ばか》言うんじゃねえよ。俺たち軍人ならともかく、冬山で皇帝を天幕で寝させたら俺たちが批判されるわ。それにレギはいいかもしれないが、殿下にはきついだろ？」

「僕も天幕で休んだことありますよ」

以前にレグレシティスたちとエッシャール州に向かった時、ほとんどの行程で宿に泊まったが、距離の関係で天幕を使って休むこともあったのだ。だからまるっきりの初心者ではないと言ったのだが、副団長は「冬山舐《な》めるな」と切って捨てる。

「軍用の天幕持って来てるから寒さ対策はしてるんだぞ。けどな、地面から来る冷えは殿下が想像しているより厳しい。毛皮は敷くが冷たくないだけで暖かいわけじゃねえ。湯に入ってあったまった分、冷えが体に直接来る。殿下なら一晩で風邪だ。寝込むのは間違いない」

「そこまでですか……」

「そこまでなんだよ。レギはそれでも雪中行軍の訓練経験者だが、殿下はそんなのしたことないだろう？」

佐保はコクリと頷いた。雪に埋もれかけたのだってこちらの世界に来てからが初体験なのだ。

「舐めると命に関わるからな」

「そこまで言わなくてもいいだろう。佐保もわかっている」

「いいや、ここはびしっと言うべきだと俺は思う。お前も起きたら殿下が冷たくなっていたなんて嫌だろう？　あ、冷たくって言うのは凍えてるって意味の方だから、そんな睨《にら》むな。おい、待てレギッ、剣に手を添えるなっ」

「今のはあなたが悪いですよ、マーキー。誤解されかねない言い回しです。殿下もご気分を害されたでしょうし、今からでもあなた一人で王都に戻りますか？」

やんわりと、だが力強い眼力で間に入ったリー・ロンはレグレシティスの腕に手を乗せ、マクスウエルには思い切り冷めた視線を投げつけた。

「安心してください。殿下と陛下には安心してお休みいただけるよう、きちんとした小屋を用意しています。そちらでゆっくりお休みください」

周囲の風景を眺めたり、話をしながらの登山だったおかげであまり気にならなかったが、既に割と奥深いところまで登って来ていたらしく、団長の話では間もなく今日の宿泊予定地に到着するという。

「あと少しですから頑張《がんば》ってくださいね」

そして団長の意味深な投げ言葉に首を傾げた佐保は、さらに先に進み——。

「……はぁ……これはなかなか、きつくはないけど、大変というか……」

傾斜の急なところを上から垂らされた綱を握って登ったり、岩がゴロゴロする足場を支えられながら歩いたりする場面が多くなり、必然的に息も上がる。

そんな佐保の後方には荷車から下ろした荷物を抱えて運ぶ騎士たちがいて、彼らの平然とした顔をチラリと見てしまった佐保は自分の見立ての甘さを後悔していた。

「思ったんですけど、帰りも同じ道を通るんですよね」

八合目あたりだろうか。まばらに生えていた木々も途切れ、展望台のように開けた場所に辿り着いたところでちょっと休憩と立ち止まった佐保は大きな岩の上に座り、ミオがどこからか取り出した水筒から蜂蜜入りの果実水を口に含みつつ、歩いて来た後方を振り返った。

「基本は同じだな」

佐保と違ってまだまだ体力が有り余っているレグレシティスはさり気なく佐保の風上に立ち、寒風を遮る盾となってくれている。汗をかいたところに冷たい風を浴びて体調を崩すことの方が迷惑を掛けるので、申し訳ないとは思いつつレグレシティスの厚意に任せている。

実はレグレシティスの周りにもさり気なく騎士たちが立って風除《よ》け兼監視をしているので、早めに回復して歩かねばと佐保は気合を入れ直した。

「ありがとうレグレシティス様。もう大丈夫、歩けます」

「さっき案内に聞いたが、あと少しだそうだ。道も……道と言っていいのかわからないが、今まではど険しくはなく平坦に変わるらしい。楽に歩けるぞ」

「……それは嬉しい情報ですね」

「帰りのことは気にしないでいい。足場を作りながら工作隊がついて来ている」

「え、そうなんですか？」

思わず背後を振り返った佐保が目視を試みると、岩肌の斜面の下の方で動く人たちの姿が見えた。

「仮の梯子《はしご》を掛ける予定だ。小屋までの道が整備された後は階段にするか、少し回り道になるが温泉までの道を作る予定にしている」

「それは……結構大掛かりなんですね」

温泉好きの自分のためだけにそんな大層なものを作って貰うことに恐縮する佐保だが、

「いや、お前だけのためではなく、せっかく源泉が見つかったのだから近くまで引いて巡回の兵士や騎士、山向こうに住む調教師たちも使える施設にしようと考えている。後はどこまで引けるかだが、これも来年の春になってからだな」

「温泉施設が出来ると山に入る人も楽しみが出来ますね。調教師ってツヴァイクの調教師さんでしょう？」

「ああ、山を越えたところに平地が広がっていてそこに住んでツヴァイクを飼育している。今は魔獣も加わっているぞ」

「遠いですか？」

「近くはないな」

こっちへと促されて岩から立ち上がった佐保はレグレシティスに手を取られたまま、平らな岩の上に立たされた。レグレシティス自身は佐保が落ちないよう支えるつもりなのか、手は握ったまま、自分たちが登って来た麓が見える場所まで導いて指さした。

こうして見下ろすとかなりの高さがあるのがわかる。煙が上り薄く灰色がかって見える建物が密集しているのはベセナ村だろう。

「麓の方から道が続いているのが見えるか？」

「はい」

「あの道を馬車で通って来て、そのまま進めば山の中腹に分岐路がある。一つは山向こうに抜ける道で、一つが頂上に至る道だ」

「じゃあもう一つの方を行けばツヴァイクがいるところに行けるんですね」

「簡単に言うが、そちらも険しいぞ。上ったり下りたりと高低差もあるし、何より距離がある。ツヴァイクが通れる幅はあるが、一歩間違えば谷底に落ちそうな崖もある。道も地面も凍っているから滑りやすい。難所を抜けて平地に出てしまえば後は氷にさえ気をつければ案外楽ではあるがな」

「そんなところからツヴァイクたちは王都まで来てるんですね。というか、レグレシティス様は行ったことがあるんですか？」

「あるぞ。ただし夏だ。夏なら注意すれば馬車でも行けるが、その時は馬で行ったな。冬も行きたいと希望したことはあるんだが、危険だからと却下された」

そしてその希望は未《いま》だに却下され続けている、と茶々を入れたのは副団長だ。先ほど団長に叱《しか》られたことからはもう立ち直ったらしい。

「一度レギと二人で冬明けに里に戻るツヴァイクの一隊の橇《そり》に隠れたことがあったんだよ。見つからなかったらそのまま連れて行って貰えると思ってさ。だけど残念なことに、嗅覚のいいツヴァイクに見つかっちまって城すら出られなかった」

「……お二人って、本当に小さい頃はいろいろやらかしているんですね。ちなみに何歳くらいの時の話です？」

「九歳かそこらじゃなかったか？」

「十にはなっていなかったはずだ」

幼馴染《おさななじみ》二人組は「あの時は残念だった」と嘆いてはいても、反省する素振りはない。むしろ、

「あの時見つかったのはお前が菓子をたくさん持ち込んだせいだ」

「いや違うね。お前が着膨れしてたからだろ。そのおかげで被《かぶ》っていた幕が不自然に膨らんでいたから目をつけられたんだよ」

二人してどうすれば見つからなかったのかという後悔を未だに持っているのだから、三十も半ばになる年齢の大人が人前でする口論ではない。しかも片方は皇帝で、片方は騎士団副団長。周囲の騎士たちはいつものことだと聞き流してくれているが、皇国民の前では控えて欲しいものだ。

「あの、二人共そろそろ出発するみたいですよ」

前の方が動き始めたのを視界の端に入れた佐保が岩を降り、握られたままだったレグレシティスの手を振って行動を促すと、二人共すぐに止めて歩き始めようとするのだからじゃれ合いも場所と時を選んで貰いたい。

「そうだ佐保」

隊列に戻りかけたレグレシティスはもう一度佐保を岩の上に立たせると、これから進む方を見て目を眇《すが》めた。

「おそらくもう見えると思うが……ああ、あそこか。佐保、あの林の向こうに煙が上がっているのが見えるか？」

「は、はい。見えます。もしかして、あそこですか？　あれ、煙じゃなくて湯気ですよね」

「そうだ。あそこが湯が発見された場所だ。そしてその手前、林のこちら側に建物があるのが見えると思うのだが」

「はい、見えます。見えます……けど、あれ？」

佐保は目を疑った。屋根部分しかまだ見えないため不確かではあるのだが、

「あのレグレシティス様？　あれは小屋ではないんじゃないかと思うんですけど……」

そうだよねあれは小屋じゃなくて家だよねと心の中で自分を納得させつつ、レグレシティスに確認すると、レグレシティスは不思議そうに首を傾げながら言ったのだ。

「そうか？　小屋だという話だったのだが」

「僕には家に見えます。もしかして僕の認識の方が間違ってます？」

振り返った佐保は少し離れた場所で待っていたミオと木乃を手招きして、何に見えるかを尋ねた。

結果は、

「樵《きこり》小屋に似ていますね」

「狩猟小屋のように見えます」

と二人揃って小屋の認識だった。

あれぇ？　と首を傾げたまま佐保は、

（たぶん上から見たからだと思う。そうだよね。上から見たら小さく見えるもん。だから小屋に見間違えるのも仕方がないよね）

そう思うことで自分を納得させた。

しかし、それは佐保の勘違いでしかなかったと知る。

「殿下、道中お疲れ様でした」

先に到着していた騎士たちが並んで迎える中、佐保の目の前に立って「今日の宿泊所です」と騎士団長が案内してくれたのは、こんなところに建っているのが不釣り合いなほど頑丈でしっかりした建物だった。

丸太小屋という言葉が最初に浮かんだように、丸太を積み重ねて作られているそれは、雪に埋もれないよう地面から一段高い所に床が来るように作られており、十日やそこらで建てられたとはとても思えないほど立派なものだった。

「本格的な宿泊所は来春に建築予定です。今回は取り急ぎ、陛下と殿下が安全に眠ることが出来る場所が必要なため、小さな小屋となりました」

小さくないから！　と主張が口から出そうになって佐保は慌ててそれを飲み込んだ。

確かに小屋ではある。しかし決して小さくはないと思う。ベセナ村のタニヤの工房と同じくらいの面積はありそうで、佐保は行ったことはないが山間にあるペンションにこんな感じの家があったのを何かで見た記憶がある。だから佐保の中でこの建物は小屋ではなく家なのだ。

木の香りがする内部は寒さ対策だからか窓がなかった。夜の景色を眺められないのは残念だと思ったが、急拵《ごしら》えでは仕方がない。扉と寝台と長椅子が数脚あるだけでも十分だろう。木材だから火気厳禁かと思いきや、床をくり抜き石を並べた囲炉裏があるおかげで寒さ対策にもなるし、簡単な焼き物や煮物を作ることは出来そうだ。

設備の整っていない場所に行くのが事前にわかっていたため、火であぶったり温めればよいだけの品を持ち込んでいたので、囲炉裏の火があれば十分だ。佐保たちが来る前に先に火が熾《おこ》されていたので屋内はほんのりと温かい。

佐保とレグレシティスが中を見ている間にもミオたちはせっせと荷物を運び入れている。一番大きいのは寝具だったが、どういう仕組みか少し火に当てればふわりと膨らむ謎《なぞ》仕様の行軍用寝具のおかげで寝床の心配も不要となる。

「陛下と殿下はこちらの部屋をお使いください。手前は私とミオと木乃が使います」

部屋は簡易的な仕切りで二間に分けられていて、そのうちの一つが皇帝夫妻の寝所になる。護衛の関係上、そして身の回りの世話があるため騎士と侍従二人は同部屋で休むことになる。同部屋と言っても、囲炉裏のある部屋でもあり、暖房効率を考えて寝所に割り当てられた部屋にも暖気が行き届くように壁や扉がない造りのため、私的な秘め事は御法度なのは言うまでもない。

それは別に構わない。一緒に寝れば即性行為などという衝動は薄い二人なので、くっついて暖を取って眠れるだけで十分なのだ。一緒に眠っていることを周囲の騎士に知られていても赤くならなくなっただけ、佐保も成長していると思う。

「僕たちはここに寝るとして、他の騎士様たちはどうするんですか？　全員はさすがに無理ですよね」

「騎士は全員天幕を使うので大丈夫ですよ。これも訓練の一環ですしね」

一通り中を確認した佐保たちが開いたままだった扉から外に出ると、既に幾つかの天幕が小屋の周囲に半円を描くように建てられていた。六人程度が雑魚寝を出来る大きさなので大きくはないが小さくもない天幕は空いている面積の関係から少し離れた場所にも建てられるらしく、特に問題はないらしい。

食事は小屋の前の広場になっているところでまとめてするらしく、石を重ねた臨時の竈《かまど》が作られていて、既に大鍋が設置されて食事の支度が進んでいた。

「そっか、もう夜になるんですね」

空を見上げると稜線《りょうせん》に掛かる部分は紺色に変わって来ていた。山中ということで、通常よりも暗くなるのは早そうだ。

佐保はチラリと木々の先へ顔を向けた。方角的にあの林の向こうに温泉があるはずなのだが、今から行って様子を見る時間はあるだろうか。歩かなければならないと言っていたが、戻って来る前に真っ暗になってしまうようなら明日にした方がいいのだろうか……。

「ん？　どうした佐保」

「あの」

温泉を見に行きたいと言っていいのかどうか悩んだのはほんの数瞬のことだが、佐保の顔が向く方を見て気持ちがどこにあるかを察したレグレシティスと団長は、顔を見合わせて頷いた。

皇帝陛下は行動力の人だった。

「行くぞ佐保」

佐保の手を摑むと階段を降りてそのまま林に向かって歩き出す。

「いいんですか？　もう夜になってしまうでしょう？」

「それくらいは師範なら織り込み済みだ。先に来ていたものたちに灯《あか》りの手配くらいはさせているだろう」

「危なくないですか？」

「まったく心配していない。何しろ我が国きっての威圧の名人が共にいるのだからな」

誰のことかは言わずもがなだ。確かにリー・ロンがいるだけで肉食系の動物は警戒して近づかないだろうし、抜かりのない人なので付近の巡回はさせているはずだ。無防備で皇帝夫妻を放置するほど責任感のない男ではない。

「本当に温泉に行っていいんですね？」

「行きたくないのか？」

歩きながら振り返ったレグレシティスの腕に、佐保は思い切りしがみ付いた。

「行きたいです！」

「正直が一番だな」

笑いながらレグレシティスが佐保を引き寄せる。佐保はそのままレグレシティスの腕にぶら下がるようにしたまま、温泉を目指して薄暗い林の中を歩くのだった。


道は整備させていると聞いていたように、湯が湧き出ている場所までは簡素ではあるが整備されて道としての体をなしていた。林道を抜けると白や灰色の岩がゴロゴロと転がっている岩場に出て、そこに渡された木の板を橋のように渡って前に進む。

この板も本格的に整地する時にはもっと頑丈なものにするらしく、建物が出来て住環境が整備されれば温泉を利用した保養地として十分に活用されるのは間違いないだろう。

ミネルヴァルナ州にある鏡湖《きょうこ》が別荘地や保養地として成功しているように、宣伝すれば人が来ないことはなさそうだが、こちらは風光明媚《めいび》な観光名所とは反対の山奥なので、知る人ぞ知る秘湯のままあり続けるのがいいのかもしれない。

――後日、秘湯は秘湯のままで隠匿しようということになるのだが、この時の佐保はまだ知ることはなかった。この件に関してはまた別途報告の機会を持ちたいものとする。

閑話休題。

板の端はそこそこ揺れるのだが、たわみはしても折れはしない絶妙な弾み具合が楽しくて、佐保は珍しくキャッキャとはしゃいでレグレシティスの顔に笑みを浮かべさせ続けていた。

「今回は二匹はお留守番に置いてきちゃいましたけど、来年は一緒に連れて来たいですね」

「その時は紐《ひも》は必須だぞ。あんな小さな体で岩の隙間に入られたら探す方も大変だが、二匹の方も困ったことになりそうだ」

「そうなんですよねえ。今回はまだ整備されていない場所だからって置いて来たようなものだし、岩に挟まるだけならまだいいけど誰かが岩に乗って潰されちゃったら怖いですもんね」

「守り役は必要だな」

「僕か副団長様か木乃さんになりそう。散歩の時にお気に入りの騎士様もいるみたいだからあの子たちに選んで貰うのもいいと思います」

後ろで聞いていた騎士団長は思った。

（二人で歩いているのに話す内容がグラスとリンデンですか……。お二人らしいというか何というか）

仲が良いのはいいことなので口を挟むつもりはないが、マクスウェルが後ろにいたなら、

「色気がない」

と一言言わずにはいられなかっただろう。

それは岩場の一画にいきなり姿を現した。まさに湧き出たという表現がぴったりなほど、岩で囲まれた中に白い湯気を立てて湧く湯の泉、温泉が存在していた。

驚いたのは泉というだけあってこんな場所にあるのは不似合いなほど広い面積を持っていたことだ。片側の縁は崖に接しているため歪《いびつ》な半円形を描いていて、佐保の感覚では廊下を含めた学校の教室一つ分より大きいくらいだ。だから、複数人が一緒に入るのはもちろん、ツヴァイクだって入ろうと思えば入ることが出来るだろう。

佐保はすぐに温泉の側に膝をつき、団長に尋ねた。

「これ、触っても平気ですか？」

「今殿下がいるところは大丈夫です。崖側は熱くなっているので、半分より向こう側には行かないようにお願いしますね」

「だそうだぞ、佐保」

「うん」

佐保は嬉しそうに手袋を外すと指をそっと入れ、大丈夫な熱さだとわかると袖を捲《まく》って手首まで差し入れた。

「すごくあったかいです。レグレシティス様も入れてみてください」

伴侶に勧められて乗らないレグレシティスではない。同じように手袋を外すと手を入れた。

「ああ確かに温泉だ。少し熱いか？」

「温泉は少し熱い方がいいんですよ。うわあ、本当に温泉だぁ」

にこにこと湯に触れて嬉しい佐保は、縁の岩の一部が平たくなっているのを見ると、唐突に長靴と靴下を脱ぎだした。

「佐保？」

「あのねレグレシティス様、今日はもう温泉に入るのは遅い時間だし、準備もして来てないでしょう？　だから足だけ浸かろうと思って。山道を歩いて疲れた足を労るには足湯が一番なんですよ」

ささどうぞレグレシティス様もどうぞと言われ、これまた断れないレグレシティスは今度は首を傾げつつも佐保の言うがままに靴を脱ぎ、靴下を抜いでズボンを膝まで捲り上げた。

既に佐保は両脚とも湯に浸けてじわじわと来る熱さを堪能している。

「そんなに気持ちいいのか？」

「はい。僕お勧めの入り方です」

ならばと足を入れたレグレシティスはしばらく熱さに足を慣らしていたが、次第に体から力が抜けていくのを感じていた。

隣に座ってそれを感じ取った佐保は笑顔を湛《たた》えたままだ。

「お前の言う通り気持ちいいものだな」

「でしょう？　鏡湖では普通に温泉に入っただけだったから露天風呂……温泉ではこういう入り方も出来るんだって知って欲しくて。熱い温泉に入浴するには体が衰えていたり病気だったりする人も、足だけなら結構大丈夫なものなんです。冷え対策にもなります」

「本宮でも取り入れられそうではあるが」

「足湯や半身浴は普通のお風呂でも出来ますよ。でも屋外の温泉でするのが醍醐味《だいごみ》だと思いません？」

ほら、と佐保は空を見上げた。

薄暗くなりかけた空には白い星が瞬《またた》いて見える。もう少し夜闇が濃くなれば、きっと宝石のように光り輝いて見えることだろう。

レグレシティスも一緒に空を見上げた。

瞬く星が多い夜は、月はあまり自己主張することなく静かに地を眺めている。

（月神様《つきがみ》、今の僕たちの様子も見えているのかな）

ふとそんなことが頭の中に浮かび、声に出して言ってみようかと思った時、レグレシティスの優しい声が聞こえた。

「月神も今のお前を見て喜んでいるのではないか？　愛《いと》しい稀人《まれびと》のお前がこうして笑っている姿は月神にとって何よりの捧げものだと思う」

捧げるために笑っているわけではないが、だからこそ価値があるのだろうとレグレシティスは言う。

佐保はそっとレグレシティスに寄り添った。

照れて赤くなった顔を見られなくてよかったなと思いながら、心行くまで足湯を堪能するのだった。

夫婦

佐保《さほ》の一日はレグレシティスに始まり、レグレシティスに終わる。同じ家——というには大きすぎる邸《やしき》だが——に住んでいる夫婦なのだから、当たり前と言えば当たり前なのだが、ミオやキクロスに聞いたところ、

「共寝が夫婦の基本ですが、寝室は同じでも寝台が二つ、それも離れて置かれているご家庭も昨今では多くなっているようです」

などという感じで、地位が上がるほどその傾向が強くなっているらしい。

「それは少し寂しいですね。でも」

政略結婚が当たり前にある世界なのを考えると、子供を作って義務を果たした後まで仲良くする必要はないということなのだろう。

サークィン皇国では夫婦は必ず同じ寝台で寝る。レグレシティスと結婚した最初の頃に教えて貰《もら》った時には、ちょうど夏だったため、

「くっついて眠ると暑いから」

という理由で少し離れて寝ようとして、レグレシティスに引き留められたこともある。ただ、慣例がなかったとしても、佐保と離れて眠る選択肢はレグレシティスの中になかったに違いない。

今は……。

佐保は朝のことを思い出してぽっと頬《ほお》を染めた。部屋の中には自分と青鳥だけ。ミオは新しい荷物が届いたので確認のため、奥宮《おくみや》から外に繋《つな》がる大門にまで出向いている。仔獣《こけもの》たちは庭で神花《しんか》と戯れている。

（よかった。誰にも見られなくて……）

本当なら今日は乗馬の練習に行く予定だったのだが、朝のレグレシティスとの戯れのおかげで、寝台から起き上がることが出来たのがついさっきとなれば、早朝に皇帝夫妻の寝室で何が行われたかは想像できるだろう。

体格差と体力差。この二つがあるため、二人が睦《むつ》み合う時はほぼ夜である。情交が終わって眠ることで体力の回復を図るためでもあるのだが、今朝は違った。

珍しくもレグレシティスより早く起きた佐保は、ちょっとした悪戯《いたずら》心からレグレシティスの肌に口づけたり、下肢の布を持ち上げているレグレシティスの分身の成長具合をじっと眺めていたりしていた。

男の朝の生理現象と言えばわかるだろう。盛り上がった部分を見ていると、なんだか体の奥からそわそわとしたものが上がって来て、佐保の下半身までもが色気を持ってしまった。

一人ならその場で精を出せばいいのだろうが、夫が横にいるところで一人で扱《しご》いて射精するのは、想像するだけで恥ずかしい。

それに見ているだけでは体が収まらないのが困り物。しかし、だからと言って勝手に触れてよいかというと、それも出来ないのが佐保なのだ。

夫婦で、既に何度も体を重ねて互いの隅々まで知っているのだとしても、寝ている相手の同意を得ないで行為に及ぶことには、どうしても罪悪感がある。

それ以上に自分一人でするというシチュエーションが恥ずかしすぎるのだ。

それで昂《たかぶ》って来た自分のものをどうしようかと悩みながらもじもじしていたわけなのだが、

「お前の好きにしていいぞ」

いつの間にか瞼《まぶた》を開けていたレグレシティスからの許可が出されてしまった。

「え？　あ、あの……」

「触りたかったのだろう？　ほら」

真っ赤な顔のまま寝ているレグレシティスの横に座っていた佐保の手が、レグレシティスの手に握られた。そして導かれるまま下衣の中に引き摺《ず》り込まれ……。

「ううっ……っ、思い出すだけでも恥ずかしい……」

それこそ自分しかいないのをよいことに顔を覆って、長椅子に寝転んで悶《もだ》える。

触れたレグレシティスのものはとても熱かった。布の中に押し込まれていたせいもあるだろうが、それよりも早く爆発したくてたまらないように感じた。

佐保自身も触れた瞬間に自分のものの先端から滴《しずく》が溢《あふ》れるのを感じた。

しかし、それでも佐保はまだ遠慮があった。初夜の晩、自分からレグレシティスを誘った時の度胸は、生涯一回きりしか使えない切り札だったのかもしれない。

外に出すのが恥ずかしく、レグレシティスのものを愛撫《あいぶ》する自分を見るのがとてもとても恥ずかしく、結局服の中に手を入れたままもぞもぞと動かしていたわけなのだが、見ている側からすれば、きっとその方が情欲をかき立てられたに違いない。

見えないエロス。

見えないからこそ、想像で補おうと神経が過敏になる。それは、より官能を呼び覚まし、体中を性感帯に変えてしまう。

「かっこいい言い回しをしたって、やってることは同じなのが恥ずかしい……」

文学的な表現をしたり、婉曲《えんきょく》的な言い回しをしたり、たとえを多く用いたり、体を重ねることを言い換える言葉は世の中には溢れている。

ただ、直截《ちょくせつ》表現を避けるのは恥ずかしいからだ。回りくどい方が、それこそ妄想が刺激されるのだから。

湿ったものが指先を濡《ぬ》らす。ぬるりと先端を包むように手のひら全体で握り、ゆっくりと上下させる。

時に捏《こ》ねるように回したり、力を入れて握ったり、佐保の片手の神経すべてがレグレシティスへの愛撫に注がれていた。

一方でレグレシティスは、起きているのに何も言わず、自分のものへ導いた以外は寝たままの状態を保っている。

じっと黙って、佐保がどんな風に自分を愛撫するのか観察しているようだ。

この時、余計な対抗心を出さなければ、手淫だけで終わっただろう。しかし、

（レグレシティス様、ちっとも感じてない！）

余裕のある顔に佐保の対抗心が炎のように燃え立ってしまったのだ。

既に早朝と言える時間で、帳越《とばり》しに明るい日差しが差し込んでいる。もう間もなくキクロスとミオがやって来て、朝食の用意を整えるだろう。

それはわかっている。わかっているのだが最後に一矢報いたいそんな佐保の意地が、行動を大胆にしてしまった。

レグレシティスへにこりと微笑み掛けた佐保は、徐《おもむろ》にレグレシティスの昂ったものへ唇を寄せた。

息を呑《の》む音が聞こえ、小さく心の中で快哉《かいさい》を叫ぶ。

佐保は直接触れたのではなかった。あくまでも布越しを貫こうと、手でレグレシティスのものの向きを布の方へ変え、その布地ごと口に入れたのである。

少しむわっとするのは、生地の厚みがあるからだろうか。

はむっと咥《くわ》えたまま、佐保はまたレグレシティスの様子を窺《うかが》った。これで余裕があるのなら、次には何をしようと考えながら。

だが、ギラリと欲望に燃える瞳を見てしまった佐保は、レグレシティスをその気にさせる点では成

功したが、自分が主導権を取ることは失敗してしまった。

その結果――。

着衣のまま後ろから貫かれ、外に声が漏れないよう枕を噛《か》みしめてレグレシティスの猛攻に耐えたのだった。

そう、耐えたのだ。精神力と体力の両方を総動員して、荒々しく体の内外を過ぎていく快感の嵐に揉《も》まれながら、声を上げることなくレグレシティスを絶頂に導いたのだから。

反動と代償は大きかったが。いくら佐保が我慢していても、居間と寝室は接しているのだ。気配に気づかない侍従たちではない。

かくして皇帝夫妻の朝の攻防は夫の勝利に終わった。

皇妃が勝者になる日が来るかどうかは月神《つきがみ》でもわからないだろう。

あとがき

今年に入って二冊目の月神をお届け出来て安堵している朝霞《あさか》です。前巻のあの分量で書き切れなかったことを詰め込もうと必死になって書いていた結果、また中途に終わったり書けなかったエピソードが出てしまったので、以降発行の月神《つきがみ》の中で出していこうと今からちまちま書き進めているところです。

木乃《きの》さんが槍術の名手だというのはシリーズの早い時点で出ていまして、護衛の数が足りない時や急な襲撃に居合わせた時には毎回腕前を披露して騎士たちと共に活躍しています。「あれ？　そんなシーンあったっけ？」と思われた方は読み返して探してみてください。地味に活躍していますので！　校外学習で襲われた時に佐保《さほ》がやった「武器がないならそこにあるものを使えばいいじゃない」というのは木乃さんの実地による教えですハイ。

今回入れられなかったエイクレア先輩とマイルトルテ先輩の話は核にもなるので絶対書いて出しますと宣言しておきます。佐保編に組み込むか、トーダさんの時みたいに佐保が出ない形で過去編絡めての話になるかは……お楽しみに。

本作はカバーも含めて普段はあまり見ない佐保たちの表情や様子がイラストで描かれていて、それを糧に頑張りました。可愛かったりお茶目だったりする様は見ていてとても癒されます。千川《せんかわ》先生の描く佐保たちはとても生き生きとして月神世界の中で生きて生活してるんだなあというのが愛情と共に伝わって来るので、本文書く時には「絶対ここをイラストにして貰うんだ！」という下心があったり。カラーイラストもいろいろ案をいただいているので全部載せられないのが非常に残念で残念で……個人的にイラスト集欲しいです。

学院編は佐保がこんな風に過ごしているんだよというのと、佐保と同年代の少年少女たち、それに大人たちとの絡みを出しつつ、世界観を広げて行きたいと考えています。

とはいうものの、あくまでも佐保の主な生活の場はお城なので、王都での生活をメインにしつつ、東に西に南にと足を延ばして活躍（？）の場を出せていけたらいいと思っています。仔獣たちも成長させたいし、黒い覆面を被って暗躍する悪者、他国への誘拐、悪徳貴族や悪徳商人はお約束。佐保のライバルも出した方がいいかなと考えないこともないけれど、あの陛下なので当て馬になるだけで騒ぎにならず、というのが容易に想像出来てしまうので、捻りに捻った策が必要になりそうです。

何はともあれ学院騒動は一段落したので、陛下もホッとしていることでしょう。本編の中ではお城で真面目にお仕事している陛下の出番が少々少なかったので、たくさん出る機会を作らねば！

今回も例のごとく各方面に多大なるご迷惑と共に手配等で配慮いただき、無事に発行出来たことを大変嬉しく思うと共に感謝しております。今度こそ書き溜めて！　と思ってはいるのですが、反省を活かせないのは直したいです。今年は一月からの連続で、いい意味でやる気が持続していたので、半年書き溜めて順次いろいろ出していけたらと思っています。

ここ数年はウィルス関係なく出不精にもほどがあるほどに外に出ていなかったのですが、昨年あたりからぼちぼちいろいろなところに出掛けるようになりました。思い出したようにX（旧ツイッターといつまでも書いてしまう）に画像アップしたりしているあれです。主に車で出掛けているので気晴らしにもなります。取材というほど大層なものではなく、ネタになるものは何でも拾っていく所存。月神はファンタジーですが、いろいろと参考になる風景やら景色やら物やらあるので楽しいです。

肉体的にも腹筋ローラーやったり某ボクシングやったり頑張ってはいるのですがなかなか効果でないのはなぜなんだろう……？　休肝日ならぬ休眼日は絶対に必要だと思う今日この頃。そして原稿修羅場中になぜか眼鏡紛失して慌てたり。

そんなこんなの朝霞ですが、次回作で早めにお会いできるよう頑張りますので、よろしくお願いいたします。

【先生はコレクター】

「……失礼します」

不在の場合でも入室していいと言われていた佐保《さほ》は、小さな声で入室の声を掛けるとそっと扉を開いて、こっそり教務室に足を踏み入れた。こういう場合、どうしても周囲の目が気になってしまう小心者の佐保は、おどおどとした動きがかえって不審者に見えかねないことに気づいておらず、こっそり護衛についていた講師助手として雇われている騎士に、

（殿下、それは逆手です。怯《おび》える小動物みたいで可愛《かわい》らしいですが、親切心を出した獣に声を掛けられかねないので堂々としてください）

やきもきさせていることも知らない。佐保が無事に教務室から出るまではしっかりと見張っている必要があるだろう。

佐保が訪れたのはオーランド＝ベアが使用している部屋で、これまでにも本を借りたり資料整理の手伝いなどで来たことがあり、不慣れな場所ではない。作り付けの書棚に並ぶ分厚い図鑑や書物は背表紙だけでも高価だとわかる装丁で、それらがたくさん並んでいる様は、興味のある者にとっては垂涎《すいぜん》ものだ。

佐保も王城の私室に設けた書庫に幻獣に関する本をたくさん並べているが、集め始めてからの年季の差は覆すには大きく、ベアの域に達するにはまだまだ時間が掛かりそうだ。佐保が持っていない本

の題名は書き写してどうにか手に入れられるよう手配はしているのだが、王宮の伝手《つて》を使っても実物がなければ入手は出来ず、断りの連絡を入れなければならない取り扱い業者や仲介人の胃をシクシク痛ませている。

城——皇帝の名で依頼が入っているのだ。叶《かな》えられないなどあってはならない！　と張り切っているのはわかるのだが、無理はしないで欲しいと思う。

佐保の本ではないが、以前に人形収集家が年代物の陶器人形を所有する人に「これだけ金を積むから譲ってくれ。もちろん譲ってくれるよな？」と強要した事例があったそうで、悪い凡例として残されているのがせめてもの救いであろう。ちなみに、その時に強要された人形所有者は「この子を渡すくらいなら心中してやる！」と油を撒《ま》いて火を放つ寸前だったらしく、それを見た恋人が「お前が自分に火をつけるなら俺はここから飛び降りてやる」と屋根に上って叫ぶなど、負の連鎖が留《とど》まるところを知らなかったそうな。

王宮の歴史書に記されているその事件は、最終的に皇帝が「愛するものを奪うなどという非道を通そうとする臣下を雇用している我に責任がある。よって皇位を返上する！」と言い出したことで、人形収集家が要求を撤回して一応丸く収まったらしい。

こういう皇国の闇に隠れた黒歴史を記した書物はミオが好んで読んでおり、それもまた収集癖の一部なのかもしれない。

佐保は借りた本を机の端に載せると、棚の前に立って背表紙を見上げた。

「これはもうすぐ届く予定だけど、これはまだ読んだことがないかも」

返却ついでに次の本も借りる予定ではいるのだが、もしかしたら授業で使うかもしれないため、ベアの許可待ちなのだ。教務室にベアが戻るまでの間に本を読んでいいと許可を貰《もら》っている佐保は、どれを読もうかと腰の後ろに手を回し、題名を順番に読んでいった。

その佐保の視界に小さな置物が入り、「ん？」と思った。どうやら本立て——ブックスタンドのようで、本の片側を押さえているのだが形状が興味を引いた。

「あ、これってもしかして幻獣？　馬だから月馬《げっば》？」

四肢を折り、膝を付いた馬の背中には流れるような鬣《たてがみ》。顔はやや上方を向いて優し気に何かを見つめているように見えた。素材は石だろうか、それとも陶器だろうか。つるつるとした表面は薄黄色で、よく見れば瞳の部分は金色の石が嵌《は》められている。

「きれいで可愛い……」

こんな置物が存在するのかと感心して眺めていると、カチャと扉が開く音がした。

「あれ、クサカ君だ。来てたんですね」

佐保と違って堂々と入って来たのは同じ講義を受講しているマイルトルテで、佐保を見つけると銀色の瞳を少し瞠《みは》った後、柔らかい微笑を浮かべた。今日も相変わらずの神々しいほどの美貌である。

「お邪魔しています。本を返しに来て、ベア先生が戻るのを待っているところなんです」

「クサカ君が取ってない授業だったのかな。生徒たちに摑《つか》まってるんでしょうね。あ、お茶でも飲みますか？　お菓子もありますよ」

　慣れた調子で自分が着ていた上衣を壁のフックに掛けたマイルトルテは、教務室の隣にある小さな給湯室で手早くお茶の支度を始めた。個人の教務室に小さいながらも水を使うことが出来る部屋があるのはさすが歴史が長い高等学術院だと感心する佐保だったが、ベアが使っている部屋など限られた場所だけらしい。

「常任する教師や講師が優先なんですけどね、ベア先生みたいに学院側から頭を下げて招聘《しょうへい》する方々用に空けてあるんですよ」

　どうぞと椅子を勧められ、佐保はマイルトルテの向かいに座った。ベアが資料を広げている机は使い物にならないので、来客用にはこの小さな丸卓《テーブル》を使っている。

「さっきクサカ君は何を見ていたんですか？」

「棚の上の本立てです。最初は置物かと思ったんですけど」

「ああ、あの月馬」

　マイルトルテは「うんうん」と頷《うなず》いた。

「きれいでしょう？　あれ素材は石なんですよ。どこかの国のどこかの産地でしか取れない希少な石をこれでもかってくらいに職人が磨きに磨いて、それから彫って、また磨いて作られた一品ものです」

「あれやっぱり石だったんですか！　陶器とどっちだろうって思ってたんです」

「迷いますよねえ。でも中身が詰まった石だから重さがあるでしょう？　本立てや重石に使うのにちょうどよくて、今は本立てにしてますけど時々重石になってますよ」

重石と言えばとマイルトルテは立ち上がり、ベアの机の引き出しを開けてゴソゴソと漁り始めた。他人の引き出しを勝手に漁っていいのかなと思ったが、マイルトルテの動きにはためらいも遠慮もない。

マイルトルテは取り出したものをバラバラと机の上に並べた。

「ほら見て。可愛いでしょう？」

「ええっ、これ、すごい。可愛いです」

木彫りの熊に、角が生えた兎《うさぎ》、背中に羽がある猫や魚に、頭が二つある獅子《しし》、竜や狼《おおかみ》など生き物を象《かたど》った小ぶりの人形が並べられていく。どれも親指の爪ほどの大きさだが、見事に特徴が出ているおかげで何がどんな生き物なのかが一目でわかるようになっている。

「月熊《つきぐま》と月狼《げつろう》でしょ、それからこれはコノレプスっていう兎で、こっちの猫は――」

マイルトルテは一つ一つを詳しく説明してくれた。どれも図鑑で見たことがある生き物ばかりなので名前は知っていたのだが、立体的な形で目の前に出て来ると感想も違う。

「受講する人数が少ない時には長卓の上にこれを並べてね、講義したり討論したりすることもあるんですよ。今期はどの授業も大人数だから、そのうち人数を絞った授業も入れるようになるんじゃないかな」

「そんなのがあるんですね。僕、絶対に受けます！」

「たぶんベア先生の中ではクサカ君は頭数に入れられているから抽選免除になると思いますよ。よかったですね」

「はい！」

抽選するほど人気の授業なのに免除になるのは申し訳ないが、こればかりは譲れない。いつまで学院に通えるのかわからないのだ。機会は逃したくない。

「先生はこういうのをどこで見つけてくるんですか？」

「伝承を求めていろいろなところに出掛けるからその時にですね。他国に行くこともあって長く国を離れることもあるせいで、学院の授業も不規則なんですよ。ひとところに落ち着かない人なんです」

しょうがないですよねえと笑うマイルトルテだが、佐保も毎年通年でベアの講義があればいいと思っているのだから、他の生徒たちも同じだろう。

「そうそう、もう一つクサカ君に見せたいものがあってね、気に入ると思うんだけど……」

言いかけた時、ドンと音がした後で取っ手が回り、本を抱えたベアが教務室に戻って来た。どうやら先ほどのドンというのは体ごと扉にぶつかった音のようだ。

「遅くなって済まない。生徒との雑談が長引いてしまった」

「そんなことだろうと思ってたので、私が代わりに持てなしをしておきました。生徒に一緒に本を持ってもらえばいいのに」

そう言いながら立ち上がったマイルトルテがまだベアの腕の中に積まれたままの本を取り上げた。

その時にチラリと佐保の方を見て意味深に微笑《ほほえ》み、また視線をベアの胸元に向けた。

「あ」

視線を追った佐保は見た。ベアの襟元に結ばれたスカーフ、その濃緑色のスカーフの根元を留めているのは二対八枚の羽を広げた蝶――月蝶《げっちょう》のブローチだった。

ね？　気に入ったでしょう？

そんなマイルトルテの声が聞こえた気がして佐保は大きく頷いた。

【初出】

本宮にて
(書き下ろし)

今日の仔獣
(2013年 商業未発表作品を加筆修正)

今日の展示会
(2018年 商業未発表作品を加筆修正)

今日の戯れ
(2017年 商業未発表作品を加筆修正)

今日のかくれんぼ
(2018年 商業未発表作品を加筆修正)

小旅行
(書き下ろし)

夫婦
(2017年 商業未発表作品を加筆修正)

リンクスロマンスノベル

月神の愛でる花 ～芽吹の章～

2024年3月31日 第1刷発行

著者 朝《あさ》霞《か》月《つき》子《こ》

イラスト 千《せん》川《かわ》夏《なつ》味《み》

発行人 石原正康

発行元 株式会社 幻冬舎コミックス
〒151-0051 東京都渋谷区千駄ヶ谷4-9-7
電話03（5411）6431（編集）

発売元 株式会社 幻冬舎
〒151-0051 東京都渋谷区千駄ヶ谷4-9-7
電話03（5411）6222（営業）
振替 00120-8-767643

デザイン CoCo.Design 小菅ひとみ

印刷・製本所 株式会社光邦

検印廃止